"百年新诗"丛书

从炼狱中复活
——陈明远自选新诗

CONG LIANYU ZHONG FUHUO

陈明远 著

语文出版社
·北京·

图书在版编目（CIP）数据

从炼狱中复活：陈明远自选新诗 / 陈明远著. — 北京：语文出版社，2018.4
ISBN 978-7-5187-0566-5

Ⅰ.①从… Ⅱ.①陈… Ⅲ.①诗集－中国－现代②诗集－中国－当代 Ⅳ.①I226

中国版本图书馆CIP数据核字(2017)第289086号

责任编辑	谢 惠
封面设计	吴燕妮
出 版	语文出版社
地 址	北京市东城区朝阳门内南小街51号 100010
电子信箱	ywcbsywp@163.com
排 版	北京九章文化有限公司
印刷装订	北京市科星印刷有限责任公司
发 行	语文出版社 新华书店经销
规 格	890mm×1240mm
开 本	A5
印 张	10.25
字 数	164千字
版 次	2018年4月第1版
印 次	2018年4月第1次印刷
定 价	45.00元

☏ 010-65253954(咨询) 010-65251033(购书) 010-65250075(印装质量)

艾青题词：从炼狱之火中复活

诗的理性与情感（代序）

一

多年前，我接受了日本、美国和法国几个大学以及文化团体的邀请，安排在稍后的两年内出国进行合作交流。商定的计划是：先在樱花烂漫的时节到富士山下，探访鲁迅、郭沫若、田汉、郁达夫……的行踪；然后经夏威夷到旧金山、洛杉矶，由太平洋岸到大西洋岸，横跨新大陆，看看我能否比四百年前的哥伦布有更多一些发现，而我引以为荣的孩子陈星海即将在雅礼（耶鲁）大学完成学业（他是北京大学第一届少年班学员中第一个获得雅礼奖学金的），我将作为中国家长的代表出席他的毕业典礼，并给他讲述从容闳、詹天佑到胡适、闻一多再到李政道、杨振宁、王安、贝聿铭……的逸闻趣事，这将给我的旅途增添说不完的愉悦。下一站是巴黎，梦萦魂系的花都，我徘徊的身影将留在枫丹白露林荫道之间，而多少年以后将有另一个中国少年步我的后尘。我要泛舟多瑙河，沉浸于交响乐和圆舞曲的旋律溯游而上，到莫斯科金碧辉煌的大剧院包厢领略天鹅湖的幻美，然后沿着西伯利亚大铁路横贯欧亚，穿过贝加尔湖畔原始森林……通过这样的历程，我会写出一部前所未有的旅行记来……

是啊！心海中的航程，不断涌现着遐想……今天是我的生日。每年的生日，我几乎总是彻夜难眠，然后将心中的遐想化为一首诗。

又是夜深人静、万籁俱寂的时候，面对闪动"星空—字符"的电脑屏幕，手指触摸着键盘，忽然强烈地感到：

"这将是旧我的终结，和新我的开端！"

合上了去年日记本的封底，我的生命、我的事业、我的故事，也该告一段落。我将远行，身后的门，也就随手锁上。

二

许多人，特别是文化人、科学家、艺术家，都诅咒

"十年浩劫"剥夺了他们整整十年的生命、十年的青春。我也不例外。

但在另一方面,我又庆幸自己的青春一再延长:当我15岁从"少年儿童"转入"青年团"的时候,"青年"的标准定为"25岁以下";到我25岁的时候,"老中青"的"青"的标准延长为"35岁以下";到我35岁的时候,这个"青"的标准又延长为"45岁以下",似乎美妙的青春一再"挽留"我。从16岁以后,三十多年以来,我一直处于青春的热恋之中……这青春,这热恋,曾经有过中断,有过挫折,有过许多苦难,但一直延续到今天。

现在我的"青春期"已长达三十多年了,看来对我而言"青年"的标准年龄恐怕很难再延长了。我一延再延的漫长"青年时代",应该画上一个句号了。

从1959年以来,我亲身经历了我国电子计算机从第一代到第五代的整个历程,更有幸参与了电脑处理中国文字和语言信息的历史。

但是,还有一条历程比这更长、更丰富——那就是我的诗。

从1949年我在小学作文簿里写出第一组新诗以来,已经过了整整几十个年头。几十年的风风雨雨，我的科学研究曾经中断过，我的青春生命曾经中断过，我的爱情故事曾经中断过……然而，唯一没有中断的"事业"却是写诗。

但我绝不是、也不愿成为什么"专业诗人"，我绝不靠写诗吃饭、升官，因为我的诗歌只是写给自己和朋友们看的。

然而，实际上我是第一个用电脑打字写诗的中国人，也是第一个把自己的诗歌用电脑储存、整理、编辑、发表、交流的中国人。

从磁盘里面一首又一首、一年又一年地调阅自己的诗，这几十年的风雨雷电重新在计算机的屏幕上、在我脑海的镜头里闪现，仿佛是伽利略把望远镜伸向了星空，或者列文虎克把显微镜伸向了水滴。面对眼前闪现的诗行，忽然真切地感觉：几十年来，我创造了一个属于自己的世界。文艺复兴时期意大利诗人塔索的声音又萦绕耳边："谁配受创造者的称号？唯有上帝与诗人。"

三

这里，还有必要谈谈新诗与互联网的博客。

诗的理性与情感（代序）

几十年来我一直不间断地写诗，同时在中国科学院声学所从事"语言文字信息处理"科研，后又在北京语言大学教外国来华留学生，以亲身体验感悟到：诗与数学本为同根生，本质上两者的特征都是人类创造的极致，两者的立足点、生长点都以脑力劳动为主，两者的追求目标殊途同归——都是"美"！许多数学家也爱好诗歌，若要形容一组数学公式的妙不可言，就会赞叹："像一首纯美的诗！"我曾有幸在周培源老师指导下参加了翻译诺贝尔奖获得者温伯格《引力论和宇宙论》的工作，乃为平生一大乐事。

现代数学和诗愈来愈获取到了一个最佳契合点——创造心理。现代心理学既不仅仅归属于自然科学，也不仅仅归属于艺术或社会学，而诗的心理现象兼有自然性又有社会性。通过全球联网，普遍使用电脑处理的文字信息包含了诗的丰富信息，而诗的韵律对于听觉的作用、诗的意象对于视觉的作用、诗的境界对于通感的作用全都基于独特个性的创造心理。

有人认为"数学是理性思维，不是形象思维"，这是错误的；实际上，要学好数学，形象思维非常重要。国内外研究表明，形象思维先于其他思维的发展。爱因斯坦在描述他的思维过程时说："我思考问题时，不是用语言进行思考，而是用活动的跳跃的形象进行思考，当这种思考完成以后，我要花很大力气把它们转换成语言。"比如，各类曲线（双曲线、抛物线等）、几何形体（圆锥体、椭球体等）……都含有爱因斯坦所说的"活动的跳跃的形象"。在数学思维中，模型思想、空间观念和数据观念很重要，其中模型思想属于形象思维中的经验形象，空间观念和数据观念属于形象思维中的直观形象。有人要问，同一个人怎么可能既搞数理科研，又搞诗歌创作呢？其实，答案就在每个人自己的大脑上——那儿有两个半球。诗评家汪剑钊指出："陈明远在理性与情感之间找到平衡点（如长诗《慈母之恋》），把创造心理贯彻于艺术实践，这是他的优势，也是他诗歌的特点。"我总是活跃在这两个半球的交界处，正如地球上总有一个环形地带是在白昼与黑夜的交界处一样。这个地带永远交织着绚烂的光彩，因而形成了一道道旋转不断的花环……诗与数学的美，一起构筑我灵魂的天堂——写诗也就是追求美的历程："本质上，诗与数学两者的特征，都是人类创造的极致，两者的立足点、生长点都以脑力劳动为主，两者的追求目标，殊途而同归——都是'美'！"

由此看来，如何追求"诗与数学的美"，应属于创造心理学和美学的一部分。

按照接受美学的观点，诗歌美学实践应包括诗歌的生产、诗歌的流通、诗歌的接受这三个方面。

（1）诗歌的生产。主要指诗人的创作和外国诗歌的翻译。个体的诗人通过诗歌创作与广大读者群建立起对话关系，但单单有了个体诗人的诗歌创作，还仅仅处于接受美学过程的初始阶段。

（2）诗歌的流通。艺术品唯有通过报刊、书籍、朗诵会、演出等媒体的流通，方能奠定交流的基础，此为诗歌美学实践的第二阶段。20世纪中期以来，媒体的形态飞速发展：广播电视、电算机（计算机）以及四通八达的互联网，不断形成强有力的信息流通渠道。当一部诗歌创作出现时，就产生了"受众的期待水平"。读者们期待建立起一个参照系，读者群的经验依此与诗人创作的经验相交，如此就产生了审美距离。分析期待水平和实际的审美感受经验，可以理解以往的艺术标准。

（3）诗歌的接受。接受者（群体或个人）有几种类型：一般读者、批评家、其他诗人。此外，文学史家也是读者，而文学史的过程就是接受（再创作）的过程，任何作品都在解决以前作品遗留下来的道德、社会以及形式等方面的问题，同时又提出新的问题，成为以后诗歌创作风格的起点，然后接受者（群体或个人）再对诗歌作品加以各自的"再创作"。

艺术作品的社会功能，通过阅读和流通培养读者对世界的认知，并改变读者的社会态度。

艺术的接受不是被动的消费，而是显示赞同与拒绝的审美活动。审美经验在这一活动中产生和发挥功用，是美学实践的中介。

21世纪网络科技开辟的诗歌新天地——博客，提供了比20世纪的报刊、书籍、朗诵会、演出等更为广阔的崭新平台。

自2006年我在新浪网开通"陈明远博客"，十余年来陆续发表了近百篇诗作，迄今"陈明远博客"点击量已超过2650万，年平均量逾200万。每年成百万的未曾见面的读者、诗友，使用"共同语言"跟我一起聚会于无形沙龙的博客,这充分体现了互联网的社会功能,令我深感欣慰。

陈明远

2017年9月3日于北京中关村

目　录

诗的理性与情感（代序）/1

辑一　迎　新
海的女儿 / 3

紫藤最后一片绿叶 / 5

永不忘点亮窗前的灯 / 6

烈马的化身 / 7

峰顶圆湖 / 8

鸟瞰 / 10

鹿角 / 12

碧玉蛙 / 13

虽死犹生 / 17

鸦鹊 / 18

阿丹—杜鹃之歌 / 19

淡茶浓墨 / 20

孤星血泪 / 22

草拟墓志铭 / 24

永别忧郁 / 27

游子迷魂 / 28

睡莲 / 29

蝴蝶与泡沫 / 31

汶川·问天 / 32

献给66岁的居里夫人 / 35

饭馆 / 36

湖水十四行 / 39

富士山·樱花 / 41

水潭中的甲骨文 / 43

天鹅之死 / 44

蚂蚁的世界纪录 / 46

致62岁永生的海明威 / 47

辑二　反　思

圆明园百年遗址 / 51

青花瓷瓶 / 53

相对之光 / 55

阿姐鼓 / 56

《白痴》·《茶花女》观感 / 58

新世纪倒计时 / 61

我爱梦中的北京 / 64

拟朦胧诗 / 66

贝多芬 57 岁 / 69

后现代的生态平衡 / 70

祝愿 / 71

后患预警 / 72

木乃伊 / 73

信仰 / 75

脑海不是空壳 / 76

横贯远洋 / 78

拍卖古董见闻 / 79

名片十四行 / 81

扭曲 / 83

看不见的脚 / 84

何时 / 86

陋室铭 / 87

人！/ 88

时光 / 90

琥珀 / 91

树根的废墟（交响诗）/ 92

我有一个梦 / 98

辑三　复　活

纪念碑·华表 / 103

中国科学院八十八楼走廊 / 104

大钟 / 106

玉泉 / 108

惜别 / 109

汉俳·残花篇 / 110

夜曲·双星（组诗）/ 111

北京的鸟儿 / 123

珊瑚礁 / 126

独上黄山（组诗）/ 127

辑四　安魂曲

悼亡灵（组诗）/ 135

壶 / 140

莲花宝座 / 141

焦木 / 143

岁末守夜（十年）/ 145

古莲 / 146

太白金星 / 148

重逢·诀别 / 150

快乐的阿丹 / 152

拂晓的噩梦 / 153

泪流满面的妈妈 / 154

汉俳·沉哀 / 156

DEAR MADAME（1893—1981）/ 159

哀叹斧子 / 160

琴房夜话 / 161

辑五　炼狱之火

海魂 / 167

黑的新年 / 169

假如我是…… / 170

花环 / 171

始祖鸟 / 188

火中诗 / 190

母与子 / 192

囚徒 / 193

我是人！/ 194

回光返照 / 196

古墓 / 199

银河系，我的大脑 / 201

大鹏之歌 / 203

辑六　学　步

赤子心（组诗）/ 207

学子新装（组诗）/ 210

第一个路标（组诗）/ 212

清早 / 216

图书馆 / 217

合奏 / 218

献身艺术的孩子 / 220

百花齐放的校园 / 221

炉火的旋涡 / 222

轻帆 / 223

虹口小巷 / 224

爱之禁果 / 226

仙乐 / 227

冥想 / 228

两滴泪珠 / 230

致 20 岁伽罗瓦 / 231

醒悟 / 232

淬火的灵魂 / 233

祈求 / 234

附录

《劫后诗存》前言（赵朴初）/ 236

《无价的爱》序（宗白华）/ 238

请取下这部诗歌慢慢读（萧潇）/ 243

谈陈明远的诗（屠岸）/ 251

试论现代主义的意象与境界（代后记）/ 289

辑一　迎　新

海的女儿

龙宫深处，火山喷浪涨潮
袅绕沙滩水线，龙女狂奔而来
千万魔爪，追逐足音
要吞噬美人鱼，遣回母胎

烈焰的油漆浇灌
紫罗兰鳞体，剥落
龙女，呼唤我祖传的魔法
在金沙滩一角蜷缩

冒死冲向柔美的脚印
拈起刚浸湿的尾羽纱罗
在怒号的龙口席卷我俩之前
装进纯白的螺壳……

彩笔搜寻朵朵白日梦

镶嵌悬崖，荡漾旋涡

岸碑镌刻远古的纹身

拂晓心跳，又唤醒龙女的孤魂

从波谷向浪峰一跃而起

涌来歌笑，朝我飞奔……

龙女不能不皈依

安栖在我胸前，只因这是

祖传的魔法

白螺壳的魔法

金沙滩的魔法

蓬莱岛和好望角的魔法

太平洋和大西洋的魔法

2017年

【注】世界各地都有许多关于美人鱼的传说，其中安徒生童话《海的女儿》最为感人。1912年，丹麦雕塑家爱德华·埃里克森根据安徒生童话用紫铜制作"海的女儿"，放置在哥本哈根港口海滨公园的沙滩

上，这座美人鱼雕像成了丹麦的象征和骄傲。波兰将美人鱼雕像作为华沙城徽。此外，瑞士日内瓦城北蕾梦湖畔、泰国暹罗湾南部滨海名城宋卡府都有美人鱼雕像。明代《平山草堂笔记》中也有"美人鱼—龙女"的记载。

据 2017 年 5 月 30 日英国《每日邮报》报道，丹麦首都哥本哈根的著名旅游景点小美人鱼像被淋上了红色油漆，并以英文涂抹字句，暂未知何人所为。

紫藤最后一片绿叶

不甘心淹没的残阳

撼摇轻快干脆的藤叶

鲜绿与枯黄

争夺最后的汁液

冥冥中无形的老手

僵持未衰，挺战萧瑟
半凝的朔风紧贴水泥墙头
紫色微笑的唇，永不泯灭

2017 年

永不忘点亮窗前的灯

别忘却点亮窗前的灯
不必畏惧窗边的裂纹，
暴风雪呼啸，露滴暗香浓重
灯心闪跳，星际应和乐音

无视摩天幻景曼舞虹霓
坚守床头孤灯；屏息倾听
夜半天涯，独行的游子
回眸唤起窗前梦境

永不忘却,一缕缕蚕丝

编织灯火的光晕,扑面浓雾

遮不住灯心脉动。永不忘却

让莲花灯座升起一圈圈夜明珠

永不忘却,举起窗前微弱的灯火

把游子引到永久的归宿

2016 年

烈马的化身

飞逝的羽箭,声犹震耳

烈马的背影只留下狂笑

长啸烧化了虎王前额

光的十字,书写天骄

天网无法拴牢烈马的浩气

霹雷斩不断烈马的咆哮

平生不信凶神厉鬼

谁说厄运在劫难逃

硬汉，都是烈马的化身

世代投胎，遗传不老

红珊瑚幼芽，是冰川哺育

死灰盖不住火山腾烧

潮涨汐照，日月经纬的线

画出烈马的鬃毛

2015 年

峰 顶 圆 湖

梦见我纯净的身躯

烈日下悄然蒸发

阴凉镜面，波纹缓缓消去
幻化碧霄一朵雨花

俯瞰摇篮与荒坟的投影
心想：这原为我的蜕壳？
而湖心仰望着追问：
你是否是我的魂魄？

或许，行将彻底干涸
升天跟闪光的霞彩汇聚
或许化为一阵阵暴雨
万籁奏鸣，返回归宿

不知哪一滴是我自身
哪一滴是心上的人

2015 年

【注】中国的"峰顶圆湖"有好几处，美景各有千秋。这些高山湖泊，被形象地称作"天池"。其中，以

"四大峰顶湖"——新疆天山峰顶湖、吉林长白山峰顶湖、青海孟达峰顶湖和浙江天目山峰顶湖最为著名。

鸟　　瞰

前方，期待着地平线

小我屈居人字最末一笔

头雁，回首瞧不见

只瞭望前方

幻影迷茫的地平线

环视、顾盼、俯瞰

眼球扫描的卫星图片

蚂蚁群密密麻麻

渺小的楼层，圈圈点点

掠过白云、沧海、青天

到处人寰仰视群雁

向前还是那模样的地平线

似动不动的长远、浑圆

伸展、盘旋,绵延不断

脑中纠结着线团

究竟哪儿才到达终点?

霹雷棒喝雁群

天书突现:

道无即无,道有即有

尘途,永恒的地平线

看那人字任何一笔

全都列入宇宙尖端

不见来处,也不见结局——

无始无终的地平线

2015 年

鹿　角

从顽石铸成的颅骨
　夹缝里　迸发出来
　由思想哺育而盛开
孵化为凛然的古木

没有叶片的小树
　也不是玲珑盆栽
　狂风中决不摇摆
挺立在山崖绝处

倩影散发的麝香
引来猎户的屠戮
血滴蒸汽，顺着长腿流淌
凝结鲜红的珊瑚

沿着熄灭的脚掌

浇灌你踩出来的沃土

2014 年

碧 玉 蛙

1. 古坟震惊

震耳欲聋的爆破后
挖掘机的马达声里
几千年前的墓场坟头
转世新摩天的地基
尖利的掘土机齿爪
突然刹车,喘息
泥砂浆卷入巨铲之下
迸发无声的惊异——

碧玉蛙！远古碧玉蛙！

成串、成堆、成团

承受日光的绿霞

蠕动、爬行、攀援

突然蹦跳起来，别惊吓！

一群刚出土的碧玉蛙！

逃离广寒宫

下凡的蛤蟆……

2. 古俳句

湿漉漉条纹，冬眠苏醒灵与肉，玉身全碧透

殉葬多少年，陪伴血腥味铁锈，腐烂的铜臭

青苔蒙墓碑，刺向独夫的匕首，寒光闪依旧

黄泉蛙吼声，脉搏深含着冤仇，颤动在衣袖

3. 古印痕

上下几千年了？骨架散了

陶爵碎了，兵器烂了

地维绝了,天柱断了
丝履只剩下印痕,
嫦娥的鞋穿烂了
麻衣只剩下印痕
吴刚的斧子锈没了
罗网只剩下印痕,
玉兔的草窝冻塌了
水井只剩下印痕,
井底的紫蛙殉葬了……

苟活全身,只有你封尘
凭谁解读千古遗恨

4. 古今共生

望远镜倒转,伸向迷宫
亿万蝌蚪争先蜂拥
栖息幽闭的月门前
耐心等待,雷打不动

你们的子孙无法摇头摆尾

潜意识早被冰封

5. 我就是你

我就是这碧玉蛙

埋藏历史淤积之下

你也是这碧玉蛙

几千年来不能说话

6. 古碧清灵

温热捧在手掌，血脉搏动

碧绿心脏，缓然解冻

躯体滑腻，魂魄阴冷

五千年记忆，精炼纯正

碧绿明眸凝视

盼望再生……

2002 年初稿，2014 年修订

虽 死 犹 生

鱼卵死去,复活在洄游
　　溪流又激荡出蔚蓝的海洋

虫茧死去,复活在奋飞
　　凤蝶又变幻出千年的翱翔

花种死去,复活在嫩芽
　　荒野又绽放出母爱的甜香

诗人死去,复活在宇宙
　　星云又演奏出诗篇的交响

2013 年

鸦 鹊

喜鹊披上乌鸦的外衣
借黑头探阴山，吼出哀怨
演包公唱一曲阴间鬼戏
且登上望乡台，亲自查看

每逢七夕飞天架桥
随后又拆毁姻缘，死别生离
乌鸦讨嫌，喜鹊讨喜
分开为双璧，合起来成一体

2013 年

【注】中国传统戏曲里的"净"角色又总称"花脸"，京剧"黑头"是花脸行当中的一种。据研究介绍，西洋美声男高音唱法与京剧"黑头"唱法"大同小异"。例如，京剧《包龙图梦断金蝉案》起初是在喜鹊桥边定了案，但包公觉察到受害惨死的柳金蝉有

冤屈，决心前往阴曹地府望乡台亲自"探阴山"。又，自古七夕为一年一度"鸦鹊乞巧"在银河架桥让牛郎、织女团聚，天明前拆桥隔断姻缘，此悲谁诉。这首《鸦鹊》便源于包公"探阴山"及鸦鹊搭桥的典故。

阿丹—杜鹃之歌

阿丹① 把杜鹃② 孕含心头
生出一双红蛋，在胸肋
一个孵化黄口乳鸽
另一个绽放炽烈的泪水

乳鸽扑打翅膀：
叫喊要戳穿这牢笼

---

① 阿丹：一直错译为"亚当"。
② 杜鹃：既是鸟名，又是花名。

热泪撞击眼眶：
发狂地翻腾潮涌

耶和华实在无奈
只好卸开阿丹一条肋骨
任凭白鸽传递情爱
任凭血泪播撒痛苦

上帝将阿丹幻化为人类
痛苦长存，情爱永不知足

2013 年

淡 茶 浓 墨

——借文文诗意，戏填十四行

茶品淡泊墨品浓，
　诗比盛唐词比宋。

方凝神鉴湖面沉浮翠叶，
忽惊觉宣纸上舞动游龙。

摘两朵百合做杯盏，
拾一裙松针为香茗。
壮哉泰山，潺潺云水，
荡心胸墨韵茶情。

紫气拂来墨的灵秀，
红泥焙烧茶的沸腾；
尺幅翻卷，千岭、万泉，
恍惚悟道：前世、来生。

相顾一笑，看地与天平，
万籁与你我同归于宁静。

2012年3月20夜梦游泰山

孤星血泪

炫目的银幕黑白周围

露滴挂满圣诞佳节

懵懂时仰看孤星血泪

虹口公园林荫遮蔽租界

乳白连衣裙,摇晃门锁

蛾眉、翘鼻尖、花枝刺人

启明星吻亮,虹波闪烁

主啊!祈求你怜悯我们

假如再有人提起

含笑不许再问

又甜又辣的耳畔低语

月轮徘徊,常披同一件风衣

时断时续的雪花冰珠

积年落叶,盖没双双足迹

黄昏星湮没秋意如昼

岂不知浩劫将至冻僵心扉

回顾陨落才知道珍惜

少年游，留得终生追忆

假如再有人提起

抿嘴故作忘记

几度丹青执手几多欢会

孤星栖息肩头，两个石柱一体

谁降狂风将莲心击碎

厄运凝结胸间，浸透青青发丝

睡梦中抹不尽你的清泪

诀别时竟仓促无辞

假如再有人提起

往事甘苦轮回

神秘的庄园，艾斯黛拉

乌鸦窝里的孔雀飙升云际

天降馅饼，误入豪家

沉陷寒霜枕边沾湿

酿成千古遗恨？莫怨自己

"远大前程"今是昨非

假如再有人提起

离魂踪影难觅

2012 年改作

草拟墓志铭

趁我活着，瞻仰自己的丧礼

庄严弥撒，爱抚心跳和唏嘘，

鸦雀、黄鹂、夜莺，异声合唱

贝多芬最后的群言诗意；

扬州八怪研墨，临摹遗容

《春江》《二泉映月》，汉墓回响编钟，

多少夜睡美人盼谁去吻醒

别焦急，酣梦尚未凌空

To be, or not to be, that's a question:

如何译作汉文？仍是难题！

Я Вас любил: любовь еще, быть может,

写给谁好呢？ O 何时埋进心底？

诗稿有待斧正，羽翼正在编织

YHWH！以罗伊！怎舍得分离？！

2011—2014 年

【注】关于"To be, or not to be, that's a question"（莎士比亚《哈姆雷特》），我搜集到的各家译文有——A. 朱生豪：生存还是毁灭，这是一个值得考虑的问题；B. 梁实秋：死后还是存在，还是不存在，这是问题；C. 卞之琳：活下去还是不活，这是问题；D. 王佐良：生或死，这就是问题所在；E. 曹未风：生存还是不生存，就是这个问题；F. 孙大雨：是生存还是消亡，问题的所在；G. 方平：活着好，还是死了好，这是个难题啊；H. 林同济：存在，还是毁灭，就这问题了；I. 裘克安：活着，还是不活了，问题就在这里；J. 许渊冲：

死还是不死,这是个问题;K.陈国华:是生,还是死,问题就在这里。

关于"ЯВас любил: любовь еще, быть может",俄语,"我曾经爱过你,如今还爱你"(普希金《欧根·奥涅金》)。

关于"YHWH(耶和华)!以罗伊!",鲁迅《野草·复仇(二)》引用:耶稣基督被钉上十字架后,临死呼唤"以罗伊,以罗伊!拉马撒巴各大尼?!"。据《圣经·新约·马可福音》第十五章:"耶稣大声喊着,'以罗伊,以罗伊,拉马撒巴各大尼?!'翻译出来就是:我的上帝,我的上帝,为什么离弃我?!"又一说,应译为"以罗伊,以罗伊!拉斐尔!撒巴以他阿!"——"我离开地界的时刻到了。光明天使啊,请来迎接我!"

永别忧郁

或许是一出悲喜剧
或许是一场梦依稀
愿今后只能再追忆
曾见过你多美丽

吟一曲回旋别离歌
送你到夕阳下西子湖
到那儿去泛起春波
守护绝代佳人的痴心墓

都说道红颜多命薄
又祝福有情人成眷属
也算是红运天仙配
介绍给多情的酸才子

只不过别再来纠缠我

愿今后凡尘别相遇！

2011 年

【注】这首诗尝试采用幽默手法把"忧郁"拟人化，如"悲喜剧""梦依稀""红颜命薄""天仙配"。最后，敬请"忧郁"你"别再来纠缠我，凡尘别相遇！"……如此跟多愁善感的恋人"忧郁"在尘世间吧，告了永别。

游子迷魂

高铁直穿隧道入梦
暮色，残霞弥漫途中
半睡半醒间，心房震颤
铁蛇蜿蜒，电闪雷轰

星河深处飘来一叶方舟

搭乘飞船，直上九霄探险
攀登月宫背面的珠峰
鸟瞰星球，不如飞返人间

这万籁冻僵的宇宙
飘摇不定的魂魄啊
织为云锦，覆盖心头

于是含笑圆寂入眠
梦见碧波，梦见银鸽
梦见驾驭红帆的天仙

2010 年 3 月 1 日

睡　　莲

无言歌，沉浮湖水阴郁中
仰望，挣扎于无形的锁

可听见垂危的胎动
快要释放了宝瓶里的狂魔

无声的乐曲无处播送
亲爱的诉说，耳膜
感到湿透的疼痛
共振于光，飘忽的负荷

行走在藕根底部，沉重
一步一步解脱
甘苦，任由碧浪吞没

足迹小心翼翼凌空
穿过淤泥，升到银河
向天心释放一串串花朵

2009 年

蝴蝶与泡沫

世界某一处的蝴蝶
开始扇动翅膀
将引发怎样的风暴
此起彼伏地消长?

圈套绕着圈套
震荡连着震荡
股票的指数低迷
印钞机的产品疯长

世界各地的泡沫
全都涌向太平洋
跳楼上吊的狂涛
恐慌波及四方

蝴蝶标本不在玻璃柜里

泡沫渣滓不在酒杯底上

2008 年

【注】蝴蝶效应，是指在一个系统中初始条件的微小变化能带动整个系统的巨大连锁反应。2008年9月15日美国爆发金融危机，有人认为蝴蝶效应是引发全球经济危机的根源。

汶川·问天

赶紧挖下去啊！小心地挖
残墙……瓦砾堆，豆腐渣，
挖，挖！上课铃声已经响啦
赶到校门口护送爱子，妈妈

从几十里外的木板泥屋
土墙残砖围起的家

辑一 迎新

天没亮就背起破旧的小书包
可别迟到啊,妈的宝贝娃!

挖下去!上课铃声早已响过
刚写字的笔记,陷入泥沙,
层层堆积的废墟,压断的铅笔
本子上面没描完的图画

紧握铅笔的小手
深紫色瘀血的指甲
仰头问苍天,是谁的罪孽
活埋了初生蓓蕾,花样年华

黑板上没擦去的粉笔灰
课桌……瓦砾堆,豆腐渣,
铅笔,紧握铅笔的小手
深紫色瘀血的指甲

深深挖下去啊!小心地挖

死死抱着爱子的妈妈

....

2008 年

【注】2008年5月12日（星期一），四川汶川发生大地震，面波震级达8.0级，地震烈度达到11度，波及大半个中国及亚洲其他国家和地区。汶川大地震严重破坏地区超过10万平方公里，其中极重灾区共10个县（市），较重灾区共41个县（市），一般灾区共186个县（市）。截至2008年9月18日，汶川大地震共造成69227人死亡、374643人受伤、17923人失踪，是1976年7月28日唐山大地震后伤亡最严重的一次地震。自2009年起，每年5月12日被定为全国"防灾减灾日"。

献给 66 岁的居里夫人

——居里夫人深情地感叹:"看到那些春蚕,感到我和它们是同类。"

我曾是不起眼的幼虫
将每片书页吞服,
碧澄的血液,化为
缠绵闪亮的絮语

翻来覆去,倾吐
半透明的思绪,
无声无望的奇想
注入纤弱的光束

并非象牙镂雕,闪烁
宝光的舍利圆柱,
这白晃晃的椭球丝缕

是复活的子宫,以死来爱抚

庄严的刹那

孕育着永恒地飞舞

2007 年修订

【注】敬录居里夫人《我的信念》:生活对于任何一个男女都非易事,我们必要有坚韧不拔的精神;最要紧的,还是我们自己要有信心。我们必须相信,我们对一件事情是有天赋的才能,并且无论付出任何代价,都要把这件事情完成。当事情结束的时候,你要能够问心无愧地说:"我已经尽我所能了。"

饭　馆

金碧辉煌的土豪盛宴

银制刀叉,青瓷杯盘

鱼翅、燕窝、鲍鱼、猴头

东洋西洋,山珍海味俱全

一口成百,一桌上万
身家几亿的地王大款
花红三姐陪坐,酒绿千金厌烦
味同嚼蜡打哈欠,难以下咽

附近贫民窟小饭馆
热汤一碗,凉菜几盘
酒逢知己,大声划拳,
六七分饱,杯空菜完……

小饭馆里,我谛听国产的舒伯特
菜单上谱出的乐曲
——电视机吼出裂帛的狂啸

小饭馆里,我注视国产的梵高
菜单上描绘的神笔
——书法家展出玄妙的狂草

小饭馆里，我期待国产的莫里哀
菜单上编排的台词
——流行歌编出忽悠的狂叫

面对小饭馆的菜单
我渴望国产的无数奇迹
涂抹成一片
杰作，未完成的哀史

局外人在一边冷眼旁观
乐府古诗：努力加餐！

2007 年

【注】作曲家舒伯特、画家梵高等是献身于艺术的天才，生活却很困苦。舒伯特在小饭馆里创作了《摇篮曲》《听，云雀》等名曲，只为换取一顿土豆吃。梵高也经常到小馆子里喝啤酒、作画，如《吃土豆的人》是他对贫困现实的写照。同时，梵高在通信中写道："我想强调：这些在灯下吃土豆的人，就是用他

们这双伸向盘子的手挖掘土地的。"

湖水十四行

昆明湖不见底
太平湖不见底
白石、傲骨、污泥
莲花、莲心、莲子

八十年沉下土
四十载升天际
茶话、酒会、满汉全席
他们只浇灌自己

红豆、嫩芽、枯枝
假嗓、高调、小夜曲
龙舟、鹤舞、莺歌

跟斗、变脸、相思剧

雪峰有一棵松树
梦见南国的棕榈

2006 年

【注】学者王国维 1927 年 6 月 2 日投北京昆明湖自尽；诗人朱湘 1933 年 12 月 5 日于沪宁船中投江自尽；作家老舍 1966 年 8 月 24 日投北京太平湖自尽；作家马铁丁（陈笑雨）1966 年 8 月 24 日投永定河自尽；诗人李广田 1968 年 11 月 2 日投昆明莲花池自尽。

另，"雪峰有一棵松树"化用海涅诗"北方有一棵松树……"。

富士山·樱花

樱花烂漫几多时？柳绿桃红两未知。
劝君莫问芳菲节，故园风雨正凄其。

——［唐］李商隐

其一

谁做噩梦：富士山喷发
重演"小玩意"①疯狂爆炸
蘑菇云淹没日光月影
抹黑刀、菊和烂漫樱花

樱花本源自隋唐中土
战火并非喋血，赤金不是流沙
贞德岂能充当慰安妇

---

① "小玩意"：美国"原子弹之父"奥本海默领导的专家小组把第一个原子装置称作"小玩意"。

武士并非迷魂,百姓不再是傻瓜

其二

你能使萎缩的乳房

重新如维纳斯坚挺

圣岳富士山ふじさん

圣女还是狐狸精?

亚陀斯半岛[①],摩西牧羊[②]

放射后嫩芽在核废墟萌发

千万星云可以冲破黑洞

春神祝福你:平和的樱花

2006 年

---

① 亚陀斯半岛:希腊东北部亚陀斯半岛或阿苏斯神权国是希腊正教圣地,1988 年列入世界文化遗产名录。

② 摩西牧羊:出自《圣经旧约·摩西五经》中的《创世纪》第三十一章及《出埃及记》第三章。摩西牧羊到了圣山(何烈山),进入旷野,风吹日晒,用爱心带领群羊。

水潭中的甲骨文

是你赋予我短暂的青春
降临这龟裂的泥版
波纹,激荡残缺而不碎的心
以星云的线条充满
一瞬间刺眼的火灼
记录永恒的思念
灵的飞升,方寸的卜辞
直到完全枯干

是谁破译青铜鼎的铭文
又是谁解读殷商的诗篇
谁建造百座金字塔
谁刻画了几千载泥砖
听!不朽的编钟鸣响
转世嫦娥合唱鸿雁

2005 年

天 鹅 之 死

柔美的白帆遨游青云之巅

无边舞台,透亮的风

投射在月宫镜面

吸引黄昏汐落,彩霞潮涌

无语相思

湖边舞影与我相从

情系九泉

圣桑乐曲与我相通

…………

剧毒的箭头,豪强的弓

从峡谷阴暗处一发即中

不见凶手的虐杀

贯穿洁白的前胸

千古潮汐,仰问苍穹
能否感悟
苍天内心永久的哀痛

碧波震荡,洁白羽毛
是我最后的颤动
无语,临终——凌空

2004 年

【注】1980 年,飞往北京玉渊潭公园过冬的一只野生白天鹅被枪杀,一时间激起全社会的震惊和谴责。自从玉渊潭的白天鹅被枪杀后,再也没有人见过曾与它在水面嬉戏的伴侣。这是天鹅得知伴侣死去便凄然飞走,远离这伤心之地。此后,国内多地仍然陆续发生天鹅惨遭虐杀的事件。

据报道,2004 年海村湖面出现了白天鹅的身影,2—3 月间达到 50 余只。3 月 26 日半夜,一只白天鹅惨遭枪手虐杀。直到次日,空中数只白天鹅不住盘旋,并发出凄厉的低鸣。此后,成群的白天鹅在 3 月 29

日早 8 时集体飞走。临行前,它们环绕湖边飞了一圈又一圈,向死去的同伴告别。

蚂蚁的世界纪录

低头细看一只蚂蚁

爬在我的裤缝

同乘电梯,几分钟

扶摇直上摩天楼顶

它也爬到窗台

俯瞰芸芸众生

摇头晃脑,张开双臂

老鼠般的眼球圆瞪——

禁不住眉飞色舞

在嘈杂的欢呼声里

在探照灯的光柱之中

宣布自己是"绝对冠军"
创造世界纪录的英雄
攀登到了珠峰

2004 年

致 62 岁永生的海明威

轰鸣的丧钟也为我敲响
随你深入林莽,朝雪峰仰望
也做一名水手,陪你划动孤舟
挑战天神的惊涛骇浪

也向往竖纪念碑于群山之巅
昏天黑地之后,太阳照常升起
也向往刻墓志铭于汹涌海面

遍体鳞伤之后，永别了武器

永别了！枪弹射出，也击中我
哪怕旧我的胸怀崩裂、脑筋粉碎
硬汉魂魄追寻虚实无常的真
求索太阳照不到的美

只愿也皈依宇宙胸怀内
全身心的原子，自由自在奋飞

2003 年

辑二　反　思

图 文 卷

圆明园百年遗址

其一

那么多雕龙镂凤的石柱
都已经焚化为烟尘了吗
那么多白玉栏杆青石路
也都烧焦为泥泞了吗

眼睁睁赃物一车车远去
难道劫火尚未干枯吗
连那些石头也销声匿迹
还比不上野草荒树吗

照相的游客蜂拥
感叹一番就回家
讲解员能否听懂

一个傻瓜的问话

只剩下搬不动的石拱

又算是什么回答

其二

湖畔照影的孔雀

被鬣狗屠宰之后

是谁吞噬那翎毛髓血

又是谁分割它的骨肉

琉璃瓦的鸡圈狗窝

能梦见乘龙宾天吗

汉白玉的牛栏马厩

能化出麟凤呈祥吗

多少人诅咒发誓

多少人不堪回首

说什么"毋忘国耻!"

说什么"天堂重修!"

到如今,谁能正视
拆毁的北京城楼?

2001 年初稿,2002 年定稿

青 花 瓷 瓶

——此情可待成追忆,
　几经死别与生离。

我的记忆,封在沉船
以红木箱装运
是被台风巨浪震碎的
青花瓷瓶

许多岁月之后,探宝者们把沉没的货舱打捞起

在混合着海藻和贝壳的碎渣滓间，辨认遗迹
茶叶、丝绸和香料，都化为海腥的淤泥
而这暗礁深埋的骨灰盒、这檀木箱的残骸
一旦被揭开……
瞪大的双双眼珠，返照　玉石的异彩
经历许多月夜、花朝
只有我的记忆，是唯一可以拼合的珍宝

细心的手抑住颤抖，把裂缝对准、粘牢
细胞都重新组合，残损的躯壳再造
放大镜下，顽强地恢复了
固有的庄重和精巧

也许我的记忆，在血淋淋的争夺里
将再一次遭受猛烈的撞击
但碎开的地方绝不会是原来的缺痕

比头盖骨的接合部更加牢固，是那些花纹
经得起任何摧残，只为把"美"流传后人

我的记忆,永不能复制如新

那瓷窑早已坍塌,瓷土荡然无存

息壤之胎、易水之魂

炼狱之火的烙印

只留在这唯一的青花瓷瓶

2001 年

相 对 之 光

我的眼眶嵌入你的眼眶

东方嵌入西方

孤独的星　幽黑的夜空

嵌入蔚蓝的梦

没有漏出点滴波澜

一尘不染

日全食的底片重叠

白昼与黑夜

一对正负粒子

不断膨胀的宇宙

刹那间撞击

释放出多少光流

要变成怎样的天体

才能承受?

2001 年

阿 姐 鼓

阿姐鼓,阿姐鼓!

处女圣洁的鼓,喜马拉雅白骨的鼓,

条条皮肉干枯,串串血滴凝玉

何时萌发丛林无数——
非木的鼓、非石的鼓、非金的鼓，
原始的魔力，无形的恐怖
剥下处女皮铺在洪荒深处
敲吧！敲吧！无言地敲吧！
阿姐鼓，阿姐鼓！

阿姐舞，阿姐舞，雅鲁藏布湍流的舞，
神秘的手势，永恒的脚步
处女皮，化身无数——
水的舞、火的舞、风的舞，
原始的魅力，惊动洪荒深处
跳吧，跳吧！无形地跳吧！
阿姐舞，阿姐舞！

2000 年

【注】很多人听过《阿姐鼓》隐讳的歌，可是难以明白背后的真相。这个"阿姐鼓"用的是少女的皮，因为那位年轻的处女被选中而成为献祭品，她死后被

剥皮制成了"阿姐鼓"。《阿姐鼓》的歌词是很神秘的，它讲述的是一位生来瘖哑的小阿姐有一天突然不见了，妹妹去寻找她，途中遇见一个老人反复向她诵念六字明咒。在继续寻找的时候，天边传来了鼓声和歌声，妹妹终于明白：姐姐成为制作人皮鼓的牺牲而被祭献了。

《白痴》·《茶花女》观感

其一　东方 идиот 的中西乌鸦嘴

娜丝塔霞·费里波弗娜

方块字可否译为：塔尖的彩霞？

投胎于东方巴黎的银幕

脖颈镶嵌着珠宝十字架

抑或东方圣彼得堡的卡拉 OK 网吧
遍踏红地毯,开襟凸显繁华
令土豪惊艳、群星瞩目:
"好一对横跨欧亚的茉莉奇葩!"

恍若双胞胎,变幻红白的玛格丽塔
两公爵同样行善包养义女交际花
行板如歌,金丝笼包装着孔雀
假面翩翩起舞,秋波掩瑕
谁的"美"真能拯救这世界
就凭你俩的卖笑生涯?

其二 假如

假如丽质有缘识天骄
笼中鹦鹉,也学梦吃自由
假如几只丑小鸭化天鹅
引无数癞蛤蟆,争抢天鹅肉

假如拍卖灰姑娘，如何标身价
天帝谪帝子下凡，貌似女奴枯瘦
金圆、卢布，伪钞成捆炉火烧
明妃、绿珠，结局都是骷髅

假如原罪原无罪，夏娃本非戏子
红莲生自淤泥，植根长成白藕
假如处女圣母也能宽恕我
童心被污染，吐出寒鸦诅咒

假如噩梦喜梦全归一场空
梦里蛇精纠缠，是留还是溜？

2000 年

【注】少年时代以来，我多次阅读《白痴》和《茶花女》的小说、剧本，并鉴赏其影片与歌剧。对比后，我越来越发觉它俩活像孪生姊妹。从中译本到俄、英原文，青壮年时的我就能背诵其中许多对白，且体味

它俩的形象栩栩如生,甚至寤寐以求恍若亲入其境。每一阶段身心皆有所感悟,这些感悟与时俱进,出现很大差异,引发许多遐想,迄今仍然存有困惑、谜团待解。多年间,如管窥万花筒般,留下深切的刻痕和灵魂探险的踪影。

新世纪倒计时

九八七六五四三二一
除夕夜人们齐声高呼
新世纪仿古的编钟响起
虚拟的贺词一片含糊

九八七六五四三二一
亩产万斤粮,记忆犹新
是谁玩弄这数字游戏
竟然忽悠了几万万愚民

九八七六五四三二一
被揭穿的假账全盘落空
打肿脸，还要充胖子
披着狗熊皮装扮英雄

总有一天真正倒计时
那时刻敲响谁的丧钟

聆听2000年第一秒钟

【附】

蓓蕾·灯火·绿洲（散文诗）

自我营造一个小的绿洲、小的灯火、小的蓓蕾吧！

类似非洲无垠沙漠围困中的尼罗河畔那样的狭小绿洲，

不是没有可能的！

类似无边黑暗无尽风暴中用心护持的一盏长明灯，

不是没有可能的！

类似腐恶沼泽淤泥中挣扎而出的一株莲花幼苗焕发佛性的灵光，

辑二 反 思

不是没有可能的!

我在地图上,最爱看的不是西天极乐世界、
不是瑞士天上人间,
而是夹在无垠荒漠中的尼罗河,
甚或死亡威胁中的圣子降生的马厩……

在这污浊、喧嚣、混乱、丑陋不堪的尘世中,
不要同流合污,
不要孤芳自赏,
也不要垂头丧气——
让我们相互勉励,
各人尽自己毕生的精力,
营造一个小的独立的天国吧,
这不是没有可能的!
只要我们携手努力,
这不是没有可能的,朋友!

我爱梦中的北京

我爱,夜雨冲刷的广场
明信片上的天安门
蓝天底板拂去灰烟
金黄琉璃瓦拂去沙尘
朱红宫墙拂去污点
白玉栏杆拂去斑痕

我爱,图册里的颐和园
美工除尽游客的垃圾
除尽废纸残页的翻滚
那彩笔画廊,重又抹掉
帝王将相才子佳人的臭史
绿漆涂抹痰迹粘连的长凳

我爱,壁毯上的长城
充耳不闻喧嚣谩骂

铜臭的叫卖、血污的回声

无视山脊愈合的疮疤

掩盖腥膻的驼毛织成草茵

王昭君古调假嗓

喑哑中不乏天真

我爱,幻灯映出的香山

横蛮的狼狗严防

误入禁区的春衫被撕烂

电网爬山虎不见高墙

遮掩无拘束的视线

夕照霜花莫染湛蓝……

我爱你!梦中的北京

长夜雾纱牵挂着你

故宫角楼隐约一轮月明

通灵的长命锁

抚摸掌心

最后一瞬目光留恋着你

浮现在华表上的仙境!

1999 年

拟 朦 胧 诗

1. 梨园怪圈

梨园怪圈,闪亮万家灯火
翠绿萤火虫在灯芯筑窝
舞台闪烁的不全是金子
谁说"是金子总要闪烁"?

月轮独自在荒原飘泊
群星失色,倾斜摇落
炽热发紫猩红的地毯
踏进陷阱,失足才哆嗦

辉煌的奖杯爬满皱纹

乱蓬蓬卷发,雀巢遗恨

酸葡萄含泪流满唾液

游鱼双双,交配后各自私奔

众曰"鸡鸭成堆",鲜肉酸腐

梨园怪胎无情、无义、无根

2. 黄金夜总会

杜鹃花歌喉走调了

垂涎欲滴,含金漱齿

花花世界猛炒含金量

三角梅,苞片艳紫

银河乳汁,夕阳金乌

数不清的草木混为奇葩

孔雀杉树窝飞出金孔雀

凤凰草变凤蝶,叶子冒充花

莲花、莲子，苦透素琴
丁香叶倒卷一团葱黄的云
奖牌前拾起，狂草墨迹
炽烈泪滴抚慰冰凉手心

艳红指甲，敲击钢化玻璃
黄金的利爪爬满皱纹

3. 赛马场

黑马从腥臭蛋壳里奔腾
湿润了马厩的好时光
背影留下的只有一串风声
野马飞驰过皇宫的合唱

琥珀的马、人形玫瑰
过度奢望玫瑰的马车花轮
目光所及数十里方圆的花草
不为人追悼的深夜和凌晨

锦标!成为鹿,或指鹿为马

乘坐风同马车,可与云齐

云的身段和少女雌马一样

十二宫杀手,荷马无敌

1998 年

贝多芬 57 岁

谁能用聋了的耳朵

聆听苍穹的呼唤

谁能用无形的笔墨

描绘人间的苦难

海洋最深处的潜流

似乎凝神不动

内心旋涡里的乐谱

起初渊默噤声

合奏的管弦、轰鸣的大钟

有时候诗歌与音乐的力量

比导弹核武器更强

你可预测百年后的景象

合唱交响的乐声中

推倒了冥顽的柏林墙

1998 年

后现代的生态平衡

燕雀、兀鹰、飞鱼和蛇

都要扼杀在摇篮里

搅混了的蛋黄蛋白

不能羽化、鳞化,只能长蛆

粪便中清谈,布满禅机

石油爆炸,血肉尘灰

电视屏幕上闻不到臭气

现代化归宿,垃圾一堆

都爱看平时看不到的东西

剃光翎毛的鸟

剥掉硬壳儿的龟

第几代天王在比试新衣

笼子大,天地小

谁还羡慕比翼高飞

1997 年

祝　　愿

春之霜冻,我愿化薤露①

浸润你枯萎的根须

---

①薤露:语出汉魏《乐府诗集·相和歌辞》所载挽歌:"薤上露,何易晞。露晞明朝更复落,人死一去何时归。"

秋之狂飙，我愿化斑竹

构筑你抗风的护篱

萤火凤烛，绽放一个梦

梦见无穷花开的骨朵

夕暮园丁，收割一个梦

梦见经霜湛露①的红果

1997 年

后 患 预 警

虫卵爬进树籽，不管它

　　——树籽照旧萌发嫩芽，

腐尸蛀蚀骨朵，不用怕！

---

① 湛露：语出《诗经·小雅·湛露》："湛湛露斯。"

辑二 反 思

　　——骨朵照旧盛开红花，
白蚁攀援果木，没办法
　　……满面癞疮，遍尝苦瓜。

窗户大开，恶臭哗啦啦
　　——飞进一群嗡嗡苍蝇，不管它；
门市大开，炒股大发，
　　——钻进一群嫖赌老手，不用怕！
明里暗里坑蒙拐骗，没办法
　　……百姓穷愁，何处说话？

1997 年

木 乃 伊

这躯壳连同内脏
交给巫师们解剖
闪烁一道道吉光

从炼狱中复活

天之骄子的灵魂赤裸

秃鹫和甲虫的尖喙
微笑而逝的眼窝
以紫红血印　完成
最后一道雕琢

深邃无底的异端
沉积　七彩香波
珍宝萌发的虚幻

钻进最阴暗的角落
二十年弹指而过
依旧梦想要复活

1996 年

信　仰

见过世间多少庙宇教堂

不知哪位神灵应予供养

无论孔夫子、释迦牟尼或耶稣

不知何为真正的圣像

有声何如无声，有色何如无色

有信仰何如无信仰

有信仰者，其实除了金钱和权力

何曾信仰？啥也假信仰……

渊默无声也是一种声

皎洁无色也是一种色

真实无信仰，也算一种信仰

有信仰是一种根本的信仰

我，即为宇宙的信仰

宇宙，即为我的信仰

1996 年

脑海不是空壳

脑海沉思，需要强硬的头盖骨
心脏搏动，需要坚韧的胸肋
珠胎暗结明月之魂魄
需要一层小巧的膜
珠贝，只需要
大海的结晶——自己的壳

谁抵御寄居蟹，退潮时的掠夺
谁期待潜水者，拂晓前的收割
化石残骸里，能读出怎样的思路
脑壳眼窝底下，铭刻多少星图
珠贝，只需要

辑二 反思

大海的结晶——自己的壳

砂砾席卷无声的歌
无形的舞
不必藏经洞,不必黄金屋
也不必首饰盒
珠贝,只需要
大海的结晶——自己的壳

1995 年 12 月修订

【注】人人都珍爱明珠暗结珠胎,人脑则如同大海是美的结晶。但是更应知道:人的脑海——头盖骨之包容绝不是空洞的,美必须全神贯注于自己的创造,它无法分散过多的精力来保护自己。任何一个天才的大脑都需要强硬的头盖骨保护,一个僵化的大脑不能正常思考;思考中的脑海、跳动中的心脏,如同珠贝在分泌物中形成明珠,在此过程中它必然是柔弱的,必须为之提供保护。假如珠贝没有自己的壳,就绝不会产生珍珠——明月的魂魄。

横贯远洋

黑夜与白昼,交替回旋
我用另一种语言思考
星球另一面的经线、纬线
测定眼前的路程坐标

迂腐的洋流生态被选择
虫卵啼叫,胚芽喧闹
是谁喃喃着另一种法则
鱼雷的利齿切断海藻

为何海滩潮汐变换
海底、空中是谁在炫耀
吞噬一半身躯的霉菌
跟另一半再生的肢体赛跑

阳光下世界是否新鲜
且看这巨轮选什么航道

1995 年

拍卖古董见闻

有时酒瓶比茅台酒更值钱
有时茶杯比普洱茶更名贵
有时对躯壳的眷恋
胜过空灵和幻美

白釉红釉杯底迷茫污渍
化为景德镇群窑烟花
缠绕着银发与金丝
青铜镜映照一团乱麻

暴风雨冲刷碧琉璃
冲不掉沉船里青白瓷的斑点
淘尽高岭土的淤泥
才显露宝船港打捞的瓷片

有时水潭追忆宝船港海湾

如今宝船港再也见不到宝船

1993 年

【附】

瓶吊茅台·酒殇

酝酿火的内心

限定水的外形

使迷惘者吐露真言

麻木者清醒

狂乱的陶醉

谁能责怪你

扔进墙角的垃圾

只剩下僵尸空壳儿

一次无心的撞击

又使你悄然碎裂

血腥鳞片，腐臭淤泥

创口永远无法愈合

残片更加刻薄、尖利

脚印滴落
一连串瘀血的紫迹
死去了！水的外形
熄灭了！火的内心

【注】瓶吊，即"凭吊"的谐音。驰名国宴的茅台酒，因假货充斥市场而丧失信誉。北宋朱敦儒小令《西都作》曰："诗万卷，酒千殇，几曾着眼看侯王？"

名片十四行

握手言欢口悬河
名片一收一大摞
最低身份是经理
会长顾问小儿科

研究员,不值钱

高研高工充喽罗

长官头衔能订做

管理学界教授多

一副扑克名片盒

且来搭桥打对过

最可惊骇小衙内

叫你一听一哆嗦

总裁、经理、董事长

我说什么就是什么

1992 年

【附】

小 秘 素 描

小秘上班

忙得团团转

照照手镜抹口红

画个蓝眼圈

一到傍晚
还得宵夜加班
卡拉 OK 宴会厅
任务是佐餐

扭　　曲

看那深邃的湖泊
乌云下泛起横波
画面被粗暴地涂抹
腥雨喧闹倾泼
莫要说：湖心再不会清澈
更别怕：流水被染作黑墨
扭曲的只是红尘的浑浊
不是我

听那参天的大树

狂风里枝叶飘拂

竖琴的丝弦被扯断

乐曲纷纷残破

莫要说：青春可惜已凋落

更别怕：树身萎缩成空壳

扭曲的只是纠缠的藤萝

不是我

1990 年

看不见的脚

雨后的袅晴丝散落

在刚洗干净的地上

薄纱轻柔地擦拭

潮湿镜面的反光

——有只看不见的脚

把云影践踏成泥浆

小道肮脏的心中
积满一汪汪水潭
表面浅浅，掩盖深沟
圆瞪着野猪的白眼
——有只看不见的脚
　　时刻琢磨将你暗算

他会从背后踢你
他会绊住你鞋跟
如果你摔跌一跤
他就要踩断你头颈

1988 年

何　时

要到何时
我们不再作为许多棋子
在狭窄的方块里
被那一只看不见的手
任意摆布

要到何时
我们不再是许多螺丝
被压出同一个模子
只有微妙的差异
而为争一角位置
拼命地相互推挤

花甲之轮又叹息着飞逝
苍天已死，黄天未立
要到何时

子孙们不再重复

老祖宗传下这些难题

1979年5月4日

陋　室　铭

这神经早已炼粗

加固在陋室的危墙

任何冰凌和风雨

再不能刻下绝望

纤弱的新弦，是我

心头刚支起的天线

清寒的花信风拂过

使它欢乐地震颤……

西窗擦拭得透亮

灰空，镶一层晶莹
颐和园的楼台风光
充作书桌前的盆景
枯黄的照片，围着黑框
是佛香阁正面的碑铭

>1978 年

人！

臭汗淋漓的车厢里面
你是被装入罐头的
一块扁平的肉片

油污堵塞的流水线中
你是被无情碾压的
一颗小小的零件

尘土飞扬的马路旁边

你是旧货摊上

任随摆布的破烂

喘息爬行,在淹没膝盖的泥泞

享受着牛的好运

无言地陷进

低矮阴湿的矿坑,追忆树的光荣

要熬到哪年、哪月、哪天

你才能挺起腰板,豪迈地说一声:

"我终于感到我自己

变成一个像样的人!"

1977 年夏

时　　光

深夜，更深了……
听着心底，滴漏
一点一点
音响，越来越沉
直到不知道时候的时候
桶面凝满了平静

深夜，更深了……
听着我脑海，罗盘
摇来摇去
摆动，越来越小
直到不知道时候的时候
神经，完全松弛

深夜，更深了……
天河，为我的漏壶

又住满了星波

北斗,为我的钟表

又旋紧了发条

1976 年

琥　珀

黏稠的泪滴

封闭了

飞旋的梦

周围充满活动的骸骨

它们无动于衷

瓢虫　浑身铠甲

蛱蝶　遍体文章

蜘蛛　满腹经纶

都没有工夫沉思一下

匆忙地　向何处

狂奔

当腐蚀打扫世界

只剩下唯一的空无——

穿透黑的堆积

永存

1976 年

树根的废墟（交响诗）

第一乐章　出世苦行

深山，有片树根的废墟

历经刀斧袭击

树种一粒一粒潜伏黄泉

辑二 反 思

骷髅撒满边缘坟地

腹蛇守夜,蝙蝠哪敢出游
松鼠暗藏,躲不过猫头鹰巡医
炼金术士的树洞,将黑土遗弃
落叶铺盖,本该有绿茵萌发
蒙上火化的死灰

我独行,漫无目的
游荡时,偶然发现
此地可以藏匿
沉思默想,无言的慰藉

有时,同寂寞挽着手臂
顺着枯木悠长的身影
延伸曲径,回归
这被红尘淡忘的故里

第二乐章　谁能隐居

坦白的树墩，残缺唱片
沿着年轮，密纹沉吟
鹤发童颜的隐士、樵夫
月下对饮的古琴

磨盘，无法随同年岁周旋
虽然雨露经常润滑轴承
而日月金轮远避霄汉
不再替它增添势能
灵感，也丢失了
炫耀枝头的黏稠泪滴
堆满惊叹号的草稿
难奏前朝安魂曲

从云缝洒来
迟疑的目光，死盯住
前朝钟表的面盘

搜寻,碎裂的指针
追忆鼎盛时期
指南车掀翻
齿轮脱落,锈斑愈来愈阴郁
翘曲死板,无从找回
平稳的轨迹

第三乐章　适者生存

唯独苔藓俯身趴在
议事圆桌的花坛
举世无双,展览
它编织的宽厚地毯

蛛网粘住麋鹿的喋血
炼金术士库存点金石的宫殿
回光返照,延伸她的裸体
暗夜孤女铺开烦恼的床单

白蚁冢以鸿篇巨制

忙于竖立帮派的纪念碑

凌驾所有的树墩之上

神采奕奕，显赫华贵

…………

第四乐章　醒悟

而我半眠半醒，耳壳

紧贴腐土，谛听地下深层

无法斩尽的血脉

强忍冬眠，感触青阳搏动

无数毛细管吮吸着

采集的每滴水珠

又酝酿含泪的葡萄藤

三角梅的旋涡，苞芽倾吐

被切割、砍碎的根须指爪

摸索、攀援，从谷底探出

曾堵死的地道，辐射

细密的锥体发育为圆柱

渴望复活节，千百万指掌

掀开那些苔衣、蚁冢的封土

举起无数鲜绿的旗帜

直向青云上升，挥舞

…………

尾声

深山，树根独立于废墟

我独自潜行此地

含笑藏匿

沉思默想，无言慰藉

1976 年 9 月初

我有一个梦

不是那迷惘的梦蝶
夕照在花圃飞动,
也不需一枕黄粱
带到销魂的迷宫。
多少不眠之夜,焦渴的目光
映射静默的星空,
上面大写着
复古翻新的象形文字:
"我有一个梦……"

诗画的辞藻,并不像
民生如此困穷!
可意会不可言喻
祖传书法劳而无功。
总有一天,我叩击电脑键盘
编码荧光屏中,

上面大写展示
复古翻新的象形文字:
"我有一个梦。"

神坛已腐朽坍倒
皇陵早被偷盗一空,
要在废墟垒砌讲台
人人将能举起话筒;
让我也在队列等待
哪怕只给一分钟——
渗血的嘴唇微笑着念出
复古翻新的象形文字:
"我有一个梦!"

1974—1975 年

辑三　复　活

纪念碑·华表

紫金黯淡的阴面，回转龙颜

佯装什么也看不见

血潮高涨的阳面

朝向明天，睁开千万双巨眼

黑影，毒蟒盘踞地上

吞噬摇篮中的幻想

呐喊，划破灰空

闪亮婴儿的渴望……

凝结的火柱，指向苍天

屹立在人与兽，生与死之间！

1976年，天安门广场春夜

中国科学院八十八楼走廊

你看,这黑洞洞的走廊
大白天也不透太阳
蝙蝠博士、野猫教授
都不愿在这里观光

这烟熏火燎的壁画
装饰着朦胧的灰墙
米开朗琪罗在西斯廷拱顶
描绘出创世纪的篇章

行进于无底的深渊
大弥撒的和声荡漾
巴赫到垂暮之年
才听见仙乐的交响

小心翼翼地摸索着前往

天使们的圣诗在吟唱
卧病不起的弥尔顿
领略到失乐园的风光

无形的灵巧的手指
计算出结晶体的形状
失明后跟上帝辩论的欧拉
硬撑开智慧的圆窗

如同达·伽马绕过黑非洲
才找到金黄的希望
你绕过白菜堆和煤球炉
切莫在烟雾中迷航……

这是个神秘的黑洞
圣火，在其中暗藏
谁要是发现了出口
谁就能升上天堂！

1977年冬

从炼狱中复活

大　钟

厄运撞击的万点火花

被明月湿润　逐渐模糊

那承受过剧痛的横梁

创口愈合了　变硬变粗——

大钟　思考什么

面对飞扬的尘雾

刀砍斧凿的遍体鳞伤

早已覆盖碧绿的铜锈

古墓出土的殉葬品

斑驳而不霉烂的丝绸——

大钟，眺望什么

昂起不屈的头……

从峡谷和丛林　一阵阵

传来凄惨悲壮的回声

辑三 复 活

不甘被天狗吞噬的巨星
挣扎出最后的光影——
大钟　追忆什么
睁亮眼睛

那是多年前　受尽严刑
拷打时逼出的疯狂叫喊
是火山岛喷吐过的怒潮
又冲回熔岩凝聚的海岸——
大钟　寻找什么
全身都在震颤

刚要悠然入定的大钟啊
重新迸发出轰鸣
掀开夜幕　让世界惊醒
屏息凝神倾听——
大钟　高声呼唤吧
呼唤出血铸的黎明！

　　　1978年11月，科学院大会宣布平反时作

玉　泉

拼拢泛黄的照片
碧影乱石荡漾
谁还能看见你下面
无法驯服的岩浆

甘露润湿干涸的石花
在你触摸下颤抖
枯枝萌芽编成的竹筏
又浮泛阳春之舟

缺后重圆的卵石
暗中凝视明眸
抚平你跃动的忧愁
待时光显影之后
玉皇大帝再也不能够
将你的幽灵漂走

1981 年

惜　别

别了！别在清蝉的吟唱中
聆听欢乐的颂歌
任蝉蛹蜕变，厄运也难躲
冰霜，盖地弥天的网罗

别了！别在凤蝶的彩虹下
拭去斑竹的泪晶
忆昔群魔乱舞称霸
迄今抹不掉疮口的血腥

别了！别在明朗的笑容里
寻找痊愈的伤痕
雷劈后巨树的枯枝
依旧残留烧焦的年轮

1981 年

汉俳·残花篇

1. 水仙

何物使君美？几颗圆石一瓢水，方寸终无悔

2. 雁来红

盼到雁归时，此身红透傲青枝，花会不嫌迟

3. 月季

莫道旧枝枯，擎来火炬万千株，凌风焰更殊

4. 含笑

花信启红唇，羞向人丛显伤痕，苦笑颂阳春

5. 昙花

心血照乾坤,一闪流星光永存,寒夜忆诗魂

6. 无花果

芳林经劫火,死处逢生谁似我?一束无花果

1981 年,与林林老师唱和

夜曲·双星(组诗)

1. 悄然从身旁经过

只有两个不相称的天体

相遇时——

一方才被另一方俘获

而你　悄然

从我身旁经过

猛然感受

似曾相识的吸引

抑不住颤栗……

同时回首

然后　分别

沿着各自的轨道消逝

这两颗心　由此

都烙上

同一个天象的卜辞——

我曾悄然从你身旁经过

2. 扑朔迷离

无数探照灯

纵横　重叠

向星空抛撒迷网

钓丝穿梭……

但在我俩的反顾中

层层崩溃

鞭炮　锣鼓　和礼花的碎屑

纷扬　一扫而光

（是你的冲力吗）

（是我的冲力吗）

彼此的触角一经碰击

立即都缩回

瞳孔相照　含涕沾泪　无语

3. 悬念

哑巴的呼喊

聋人的雷霆

闪刺于瞳孔的黑曜石

电击以后

发麻的躯体

峭壁悬挂

烈焰的冰

4. 神秘的微笑

珠穆朗玛　微笑

太平洋底　微笑

连接飘渺的记忆

融汇梦乡

对流云说来

山巅　沉没海底

对鱼群说来

海底　隆起山峰

在你的瞳孔里
——我，永远映照
一个无底的谜

5. 梦读

合上封面
闭紧窗帷
是星波还是雪片
敲打着墓碑

银汉的浪花　浮动
远古的河图
龟甲的裂纹　拼拢
象形的文书

久已深埋的残骸

竟能诱发起

如此活跃的生命

拂晓　无声地走来

沉重的心肌

猛然惊醒

6. 忘却我

火花儿

在晶蓝色瞳孔里回答

好的　我

也试一试　忘却你

或许　只有这样

才永远不会衰败

试一试

以幻影掩盖芳踪

以芳踪涂抹瞳孔

暗礁和浪纹

滴漏和石钟乳

相互研磨

只有这样　才能

时刻尝新

7. 天问

这滚烫的悬崖

曾是仙子沐浴的河岸吗

这死亡的峡谷

曾是哺育恋歌的河床吗

这流沙的斑痕

曾是玄鸟求爱的舞步吗

这阴冷的化石

曾是一颗炽热的心吗

8. 废墟

大堆大堆

象形文字的砂砾

小心翼翼　掬起

以惋惜的瞳孔过滤　淘洗

又漫不经心地

从手指缝之间　漏下……

一连串问号的项链

没有终止符

也找不到答案

9. 两个辉煌的白昼之间

同时潜入静夜

朦胧会合

听到星海

盛赞我们共同的远祖

听到鸾凤和鸣

原始星云的反响

瞳孔的虹膜——忘形的回转

失去层次分明的七彩

一道道荧白反光

扫视青铜圆鼎的铭文

闪烁不定　编钟

敲动古老庄重的婚礼

……同时　潜入静夜

10. 永恒的相互追寻

你那带电的瞳孔

特有的炽烈的脉冲

穿越银汉

穿越茫茫人海

击中了我

我也正在寻求

跟自己对称的天体

让双方都得以

摆脱

这漫无边际的探索

组成　双星

永不相撞

也永不相离

只是无限地飞旋

环舞……

从不同的轨道　围绕

同一个中心

虚幻　而又强有力地

在我俩之外

又在我俩之内

永恒地相互追寻

1982 年

【注】这首诗是我青壮年时代应一位俄罗斯女友的要求而作的。她非常热心,多次教我背诵普希金、莱蒙托夫、叶赛宁的原文诗作;还教我学会很多俄罗斯歌曲。久而久之,我问她:"该怎样报答你才好呢?"她含笑回答:"请为我写一首诗吧!""写什么好呢?""凝神看我,写我的晶蓝眼睛吧。不过,你一定要写得跟别人不一样啊。"

古今中外诗人们描写眼睛的词语实在太多了,"明眸""秋波""慧眼""青睐""顾盼""洁光""亮晶晶""水汪汪"……不胜枚举,可叫我如何是好?

突然,我脑海里涌现了"星空"的意象;后来,又跃出"瞳孔"的意象。于是,我迸出一句:"静夜星空就在你深不可测的晶蓝色瞳孔里!"这来自极深刻的印象:月明星稀背景下的星空是隐约闪烁的,而七夕月缺时的星空是灿烂夺目的。我尽量解释了"汉语'瞳孔'是什么象征"。她含笑说："俄罗斯人跟中国人的情感相通——含蓄、持久、深沉，真的太美了！但是在瞳孔和星空之间，用一个什么样的词连接起来呢？……这可要好好想一想啊！"

此后，孕育和孵化经历了相当长久的反复。滴水成溪，但也可能浅浮枯竭；热情似火，但亦短暂成灰。寤寐求之，辗转反侧，先后选择过"辉映""深藏""炽烈""凝聚""活跃""沉积""蕴含""结晶"等，有的看似差强人意，但总嫌不足，都扬弃了。百里挑一，最终选中了"浓缩"这个词。火山岩浆喷发后，沉积在地层深处，最终如灿烂星空一样，浓缩为晶蓝的金刚钻。确实，美的瞳孔就是晶蓝的金刚钻啊！——含蓄、持久、深沉，凝视中向我映射整个世界。"此情可待成追忆，只是当时已惘然。"不幸的是，之后不久俄罗斯女友因车祸去世了。"十年生死两茫茫，不思量、自难忘！"如今，我唯有重录这首诗歌哀悼亡友，祈祷天使在天国安息！

北京的鸟儿

北京的会唱歌的鸟儿呢?
它们都到哪里去了?

故宫只剩钟表馆的国宝
金碧辉煌的自鸣钟
那几只景泰蓝的小鸟
它们上一次跳出来报时
远在七十年前的拂晓

鸟儿都到哪里去了?
北海只剩白塔云霄
琉璃瓦支起的飞檐
那几只翅膀残缺的小鸟
它们上一次往西天传信
是听王母娘娘唠叨

鸟儿都到哪里去了？
颐和园只剩长廊过道
精工描画的横梁
那几只翎毛剥落的小鸟
它们上一次昂首高歌
要往童年的梦中寻找

鸟儿都到哪里去了？
天安门只剩阳春清早
爷们儿放飞的风筝
那几只精心彩绘的小鸟
它们上一次升天遨游
是向红太阳请示汇报

鸟儿都到哪里去了？
动物园只剩珍禽馆里
生锈的大铁丝网后面
那几只萎萎缩缩的小鸟
它们回忆着热带森林

辑三 复活

仰望太空只顾祷告

北京城大着呢
哪能没有几只鸟儿?
如果天气清朗暖和
百灵、黄莺、画眉的安乐窝
都高高挂在树梢

它们偶然练练嗓音
难免心惊肉跳
怕的是不知哪一天
又要挨批斗
被横扫

1982 年

珊 瑚 礁

落照　张开血盆大口
赤潮　闪动千万颗利牙
把你的梦影　全都卷走
连同暗藏的海藻、鱼虾

这是块顽固的石头
怎么也无法嚼烂
梗塞在水怪的咽喉
静待　云消雾散

莲花底座上，积累
无数珊瑚虫的遗体
汐波收卷晚霞后退
揭下斑斓尸衣
你，赞美生命的丰碑
更加突出地崛起

1985 年

独上黄山（组诗）

1

我的前生，恐怕是
一只受惊的小鹿
悬崖上，扬起前蹄
细密水滴溅入眼珠
突然闪回千万年前
四肢还原为善游的鳍翅
上下浮沉在这深渊
水流载我如同空气

而你不承认你的前生
不肯有一瞬间回归
月下的宁静
雨雪的白沫儿翻腾

飞扬的霓裳羽衣
永远　不肯展平

2

(俳句)
脚跟下的石路,一级一级地失落,淹没在虚空
脚跟下的湿雾,一环一环地合拢,白茫茫的梦

3

天风逼迫我,环抱山顶的树
我背面贴成了它的一层肌肤
渴望这葱茏翠绿,张开爱抚的大洞
把我全裹进去,不留一丝细缝

尖锐的风刃,擦过我心坎
狭长的刀鞘,猛地让我悟见

一个永远不能弥合的距离

一双永远不能重合的躯体

4

(俳句)

请让你的心,听你谷底的回音,它就疑惑了

请让你的心,看你波面的反光,它更惶恐了

5

远远地绕行,躲开

已经插上标记的古木

被鞋底磨得又滑又亮的青石

屡经目光漂洗的画布

纠缠不清的藤萝,呈献过

不止一次的哈达

它们萎谢的年华

美的余晖,灼痛我

望远镜扫描

四周,在斑斑足印中寻找

没有人迹的小路

我皲裂的双脚

把岩石的缝隙,撑大

如植根幽冥的桥柱

6

(俳句)

登孤岛高处,云海不停地欢呼,诱我跳下去

望巨鲸天边,浪涛里忽隐忽现,引我游过去

7

哪一道山峡传递我的雷霆

能够不走样

哪一道瀑布映射我的虹影

能够不走样

哪一只手描画出来

正是我心灵所看见

哪一张口呼唤出来
正是我心灵所听见

把这些山峡揉碎,如同一团团
废弃的稿纸
把这些溪流掐断,如同一排排
不中用的秃笔

8

(俳句)
我的血脉啊,在暴雨山洪以后,找不到河床
恍然听见了,声嘶力竭的寂寞,正在赞美你

9

谪仙　飞升之前
留下无言的诗
地心　涌注黄泉
刻出人字的碑

自从我渡过云海

登上你的岩岸

你已经不冉

是昨日黄山

        1988 年

辑四　安魂曲

悼亡灵(组诗)

1. 肖像

在你面前静坐,回到
月下恬然相对的时候
桂花树影,暗香含笑
伸过纤指,传送温柔

在你身边,靠住长凳
沾露的花蕊滴落,清凉
波光飞逝,却好像不动
湖面沉思着围起黑框

在你明眸里凝望,直到
不知岁月多么悠长
直到又感受你的心跳
震起我胸中深埋的创伤

直到眼波交流的热潮

汇聚,凝成一座雕像

2. 残稿

凄然接过枯黄的残稿

无色碑铭……

一页一页打开,又合拢

飞蛾的双翅,合欢的花萼

无情噩梦……

一篇一篇默读,又合拢

熟悉的窗口,陌生的帷幕

无声影片……

一段一段追忆,又合拢

3. 失语的恋人

古路残石的新路

幽谷云烟,时浓时淡
长忆荒坟墓道蜿蜒
落叶层积的清脆新叶
薄瓷残片,忽深忽浅
微震脚心回音寒颤

夕照延伸,是你的倩影
抚慰葱茏花木
黄泉碧落,是我的火灰
静听小溪倾诉

4. 祭奠

紫铜铸的松林间
蝴蝶雪片回旋,
只听见几声杜鹃
寂静窒息了墓园。
灰霭洒不下雨点
生机凝结在塔尖;

咽喉发不出话语
追思凝结在心田。

愿我伴随你的诗句
穿越深沉的逝川,
愿你能用我的双眼
把目光射往苍天,
一直到纯净的月色
像慈母的双手震颤,
把我们童年的梦影
塑造在纪念碑上面……

1968 年于上海

【附】

祭　　诗

白蝶暗松间,清啼寂墓园。
霭沉直欲雨,心颤莫能言。
为有九霄梦,怅无一线牵。

知君化月魄,招我共游仙。

卜算子·飞雪

无语望苍穹,何处飞天女?一片晶莹万里波,广袖依然举。

笑貌记犹新,顾盼飘花雨;我愿纵身奋入云,伴随阳春曲。

【注】我有一位青梅竹马的女友,于1967年上海"一月风暴"中含冤饮恨而死。这是我于次年赴上海时写的悼亡诗。

壶

——纪念田汉老师

两千年前一只缺口的酒壶
今天出土,就成为珍贵的文物
那时没喝干的美酒
又在何处

从枯黄的残页,辨认
昔日迷惘的花影
从石阶的绿苔,追寻
昔日迷途的脚印
史书的空白,用神话填补
现实的空白,用幻梦填补
但是心灵的空白
用什么来填补?

今天一只缺口的茶壶

两千年后出土,就成为珍贵的文物

今天没喝尽的苦茶

将在何处

1968年

莲 花 宝 座

铺天盖地的烈火

烧焦凌乱的枝杈

冻云的背景下

画出垂死的挣扎

凤凰树拔尽了翎毛

爱神的宝座崩塌

残阳坠进草窝

也变成赤裸的昏鸦

只有你，含一朵

汉白玉的莲花

绝不枯萎，也绝不压垮

顶住天罚，比那

花岗岩的头颅

更加顽固不化

1970年深秋

【附】

水调歌头·步清明韵青春祭

　　离乱别君后，久矣不填词。红唇皓齿吟唱，斑竹鬓如丝。碧落琴箫檀板，怎奈雷车霹雳，碾玉碎芳枝。六月飞霜雪，赤血染清池。

　　音沉海，日沉影，梦沉思。谓天有眼，泪枯忍见母心慈！永记劫灰遗恨，仰看丰碑无字，万籁齐喑时。哀乐撼青史，一卷断魂诗。

七律·悼亡

泣别无辜整十年,年年此日惨无言。
方歌华彩合欢夜,岂料落红离恨天。
自古喜闻花烂漫,从今苦见月团圆。
烛光摇曳难瞑目,愧我幸存独未眠。

焦　木

最高、最老的大树
最先被雷电劈开——
迎向那昏沉的暴风雨
熊熊火炬点燃起来!

烈焰熬干冰雹和雨点
残缺的心烤成焦炭,
树身砍成两半;只有

地下的根须绵延不断

创伤愈合,但仍然牢记
屡经浩劫的摧心裂骨
烧焦的年轮,世代铭刻
没齿不忘的血腥史书

终有一日,久别的春燕反顾
栖息在深褐色枝杈上面;
再生绿荫更显露朽枝腐木
朝阳哺育嫩叶,直攀云间……

1965 初稿,1971 修订

【附】

五律·古树

巨树遭雷劈,云空火炬燃。
心焦偏不倒,根劲尚能盘。
寒鸟载歌至,春风旋舞还。

枯枝任萎地,碧叶自参天。

岁末守夜(十年)

曾燃烧过,后来被扑灭了
曾沸腾过,后来被冻结了
曾呐喊过,后来被扼住咽喉

然而,世纪末的今夜
这不见天日的昏暗
这万籁俱寂的喑哑
这千里冰封的严寒

几乎失明的无言梦境
灰烬重又闪出火苗
冰雪重又迸出裂缝
逝去的歌声

重又在空谷震颤

温暖我们、照亮我们、呼唤我们

虽然曾被扑灭,但还会复燃

虽然曾被冻结,但还会奔腾

虽然曾被扼杀,但还会发出

报春的雷鸣闪电!

1975 年 12 月 31 日夜至 1976 年 1 月 1 日凌晨

古　莲

经受住历史车轮,残酷无情地碾压

你没有碎骨焚身,但默然嵌入地下

尚未点燃的花心,埋进消沉的年代

夹墙中的蝌蚪奇文,铭刻日蚀的记载

方寸里,大千世界

赞颂着瑜伽大师的圆寂

含着笑，不生不灭

封存多少轮回的信息

总有一天，你的火苗

冲破地平线，熊熊燃烧

1976年清明时节

【附】

无 言 歌

未完成曲忆华年，凤栖枯桐雀噤言。

耿耿痴心埋旷野，蒙蒙毒雾蔽苍天。

青锋拔剑招魂舞，暗夜投书卜梦圆。

执手凝眸非幻境，长歌为伴莫愁眠。

和韵·石敢当

红帆入港待何年？望石台前顽石言：

四海奔涛连易水，万夫干戚继刑天。

足音空谷知音在,波影无涯月影圆。
共许铁肩担道义,床前对语枕书眠。

太 白 金 星

我看见微笑的幼儿
陪伴着垂暮的老人
晚香丛里,回光返照
在长庚初现的黄昏

我看见老人的眼眶
也绽开晶莹的微笑
这微笑是来自何方
那幼儿还不会知道

我曾像这幼儿
陪伴过孤独的老人

辑四　安魂曲

每天,把沾露的花蕾
开放在枯干的手心

但愿我到垂暮之年
也有几个幼儿做伴
清早,用启明的芳馨
唤醒我昏花的双眼

当我眼眶的烛影
渐渐地摇曳、暗淡
清醇、甘美的微笑
搀扶我升上云天

1978 年秋末

重逢·诀别

残雪遮掩不住瘀血的花纹,
窗外断墙残垣,新芽萌生
烧焦的树干又支起画框,
久违杜鹃,花与鸟共鸣……
   但是你只捏紧我老伤的手臂,
   涨红双颊,屏住喘息——
   仰望我的眼睛。

碎瓷片拼合的瓷盘里
智慧的禁果,沾满露晶,
床头柜上闪动一片
牛棚里难得梦见的礼品。
   但是你只抚摸我霜染的卷发,
   凄然含笑,抿住嘴唇——
   仰望我的眼睛。

找遍全城花店,才凑全
四十朵红玫瑰铺满花篮。
带来抄家归还的泛黄合影
要跟你重温昔日灿烂……
　　　　但是你只按摩我的皱纹
　　　　轻声喟叹,明眸闪闪——
　　　　仰望我的眼睛。

为这重逢,也许是诀别,
反复梳理花白的双鬓。
从箱底翻出你喜爱的校服,
　　　　选你喜爱的蓓蕾插上衣襟;
　　　　但是你只让我俯身,吻我额头——
　　　　仰望我的眼睛……

1979 年

【注】1979 年,我获得平反后去探望一位病危的好友,这首诗即为此而作。

快乐的阿丹

火的性格,水的形状
一眼让人看透:炽烈的胸膛
水的形状,火的性格
倾吐满腔热望,解人饥渴

火霞要熔化冰川
辉煌笑影,是你呈现白天
喷泉要滋润荒滩
闪烁露晶,是你深藏夜晚

水的形状,火的性格
迸泻欢腾的光,穿越劫难的河
火的性格,水的形状
多变的是光彩,不变的是锋芒

钢弦承受痛苦,丝弦感触幸福

永远是快乐的阿丹

严酷留给自身，真美留给世人

永远是快乐的阿丹

1980 年 10 月 20 日

拂晓的噩梦

圆月，夜明钟的盘面

闸门早已残缺不全

肢解的指针颤抖

不再绕轴心旋转

黯淡伤神的钟楼

沉默寡言的心脏

何时能装上起搏器

按节拍重又跳荡

独掌生死大权的阎罗

生怕被掀翻宝座

断头台堆砌多少骷髅

十字架悬挂多少绞索

英年早逝的倒悬怨鬼

仍在无声地泣血诉说

1984 年

泪流满面的妈妈

庄严弥撒来自远古的冰雪

孩儿扑倒在悬崖的绝境

眼皮覆盖黏稠的积血

全身逐渐冷凝、僵硬

妈妈！捏紧濒危的脉搏

低头守护在孩儿身旁

热泪是温泉，活命的水

滴落在苍白的脸颊上

你记得孩儿第一声啼哭

跨第一步，写第一个字

最后一吻的香甜淹没了苦

不敢睁开双眼，孩儿心知

一旦从忘川回到人寰

妈妈的幻影就会消失

1989 年 6 月

【注】贝多芬预感死神将临，前后花费五年时间完成了《庄严弥撒》。这部作品诞生后的第三年，他便离开了人世。

汉俳·沉哀

1

时光的钝刀,每天在头骨刻画,升高的水位

2

感到这蜕壳,被淹没又被化开,在海面游荡

3

庞大的沉船,溅不起一星浪花,更不闻声息

4

血中的海盐,曝晒龟裂的沙滩,沉淀出结晶

5

床畔回旋着,走马灯般的躯体,寻求着头颅

6

横隔心与心,可怕的天文数字,静待着反光

7

回音传来时,我的胸早已坍缩,变成了黑洞

8

秋暮悲回风,面向青森的弦管,一曲无言歌

9

散开的骨架,一块一块地拼拢,用瘀血胶合

10

宽厚火与灰,覆盖着累累斑痕,吞没了全身

11

静脉泥石流,白血球泛起浊波,堵塞住心窝

12

吹落的花心,持续人生的惊悸,栽进了泥泞

13

残留的根须,透过焦黄的毛孔,艰难地呼吸

14

含苞的钻石,梨花挂满了枯枝,冰雪已窒息

1990 年

DEAR MADAME（1893—1981）

望着她大半个侧面
看到她眼角含着露珠
没有流淌下来
只是在眼角含着，长久地含着……
是泪晶，
是一闪一闪的泪光

经历那么多动荡，九死一生
我从少年、青年步入中年，
再也不能见到 Dear Madame
无法听到她的声音

漫长的岁月，我多次升入云霄
半睡半醒，重逢 Dear Madame
望着她大半个侧面
看到她眼角含着露珠

没有流淌下来

只是在眼角含着,长久地含着……

是泪晶,

是一闪一闪的泪光

1981 初稿,1993 修改

哀 叹 斧 子

一夜之间由红到紫

不曾改变你的酸涩

曙光,闪烁的尖刺

锋刃的自我切割

史载江郎未尝自杀

老来无人将他翻阅

对于赤色俄罗斯金发

这不过是一种剽窃

竟还砍倒薄命女子

也能算是某种创造

为什么总用抹黑的死

乱涂你诗集的残稿

齐人走一妾、殉一妻

春秋史笔如何解嘲?

1993 年 11 月

琴 房 夜 话

——夭折的朋友们的名单
　比我所有的诗篇更长

陌生者啊,别奇怪我

白日经常"鱼一般"沉默

这雾霾泛滥噪声的现世

淹埋听众如同荒漠

傅老师[①]、叶老师[②]、顾大姐[③]

总谱还在手指下抚摸

双手联弹，琴键合奏

从来不屑于无聊地啰嗦

午夜联弹后，含泪笑醒

口舌咀嚼到有点苦涩

只为老朋友欢聚梦境

知心话儿说得过多

交响乐团爱乐的冤魂

好比至今都还活着

1999 年

[①] 傅老师：指傅雷（1908—1966）。"文革"初遭到红卫兵抄家，又连续四天三夜受批斗、罚跪、戴高帽等凌辱，1966 年 9 月 3 日凌晨与夫人朱梅馥一起自缢身亡。

[②] 叶老师：指叶以群（1911—1966）。"文革"初期遭受残酷迫害，1966 年 8 月 2 日凌晨跳楼自杀。

[③] 顾大姐：指顾圣婴（1937—1967）。"文革"中遭受残酷迫害，1967 年 1 月 31 日深夜与母亲、弟弟开煤气自杀身亡。

【附】

子夜惊魂（初稿）

夜半从梦中醒来

枕巾沾满露水

白日梦洋溢着春光

黑夜让我伤悲

梦境盛开的花朵

醒时全都枯萎

只剩下孤零和沉寂

追念群英夭折

夜话多么欢愉

梦醒却生离死别

不愿从梦中醒来

重温亲友们的热泪

辑五　炼狱之火

海　魂

大海啊——我的灵魂！
我离开你已经多么久远……

那溶洞中单调的滴漏
深谷里凝滞的迷雾，
积压在岩头皱纹之间的
礁峦重重的汗珠
慈母眼眶深处
因日夜盼望而洞穿的
几乎要枯干的清泉，
都离开你这样久远啊！

彩云刚展开的羽翼
受狂风冲击而断裂，
沙滩上苦涩的浪花
被烈日暴晒得萎谢，

峰顶禁锢的每一丝白发，
草根潜伏的每一粒露液，
和着我被枷锁窒息、
被镣铐拴死的
满腔炎黄子孙的热血，

它们都要凝聚为涓流，
小溪、急湍、瀑布
汇成怒吼的江河，
前赴后继、不惜一切，
跨越死亡的荒野，
每时每刻。梦想着
要轰隆隆地
奔回你的怀抱里来，

我的灵魂——大海啊！

1966 年 12 月 26 日

黑 的 新 年

除夕黄昏,黑雾蒙蒙
熏黑钟楼,熏黑喉咙
黑的号叫起伏在故宫
熏黑树丛,熏黑狂风
熏黑胡同,熏黑噩梦

元旦清晨,黑纱重重
抹黑朝阳,抹黑瞳孔
冒烟的煤球陷落炉中
抹黑冻云,抹黑峰岭
抹黑冰雪,抹黑苍穹

呛死北京城的浓烟滚滚
烤不黑我的热望
炭坑埋入火灰
地窖埋入春光

一座金刚石矿,深深地
埋入我心房

1967年1月1日

假如我是……

假如我是鲜花　我一定
在开放最茂盛的时刻
　　撒离花瓶
让人们换上别的花枝
　　空中依旧散发我的芳馨

假如我是歌手　我会
在演唱最精彩的时刻
　　退下舞台
让人们欢迎别的演员
　　内心依然珍藏对我的爱

假如我是彗星　我将

在尾翼最辉煌的时刻

　　收敛锋芒

让人们仰望别的星座

　　眼里依然闪动我的余光

啊，假如我是……

1967 年春

花　　环

——锁链捆扎的圆舞

一

你们曾教会我编结花环

花还没采全，就散作灰烟，

空虚的双手沉重得颤抖

串花的红线变成了锁链。

透过铁栅栏向铅空仰望
苍老的冬阳，萎缩成月亮，
遥远而亲近的目光召唤
花信风，又朝我胸前震响。

除了不屈的心，一无所有
生花的彩笔都被折断，
沙尘里跳荡着瑶琴的碎片
皮鞭下树影萧条零乱……

我仍然动手描画春天；
以诗的梦想、梦的诗篇！

二

以诗的梦想、梦的诗篇
睁裂的眼眶泛起彩霞——

哄闹的吼叫，却充耳不闻
渊默里消融进敦煌壁画；

你们曾带我向云间飞舞
仙乐声伴随一群群天女，
啊，让天火净化这肉身
把我泼洒成一阵红雨！

要伸展长虹，做花的支架
银汉的晶波向花环喷洒……
这命根，毕竟深植黄土
假寐中惊觉铁蹄践踏！

心啊！炼成一块顽石吧
像花种活埋在污泥之下。

三

像花种活埋在污泥之下

炽热的血泊浇铸成铠甲,
任他欺凌、辱骂、毒打
再不对神祇发一声话!

伴奏过幸福序曲的丝弦
退避到蛛网的死角去吧;
撑起这饱受折磨的脊骨
疤痕裹紧它麻木而粗大……

于是我露出强者的笑容
——慈母给我的唯一遗产,
这笑容谁也无法查禁
它使人追忆童贞的花环。

沉浸冥想,浮现出微笑
为迎接一个灿烂的瞬间。

四

为迎接一个灿烂的瞬间
我宣誓：聚集所有的精力！
正如发愿奉献莲花宝座
苦行僧，聚集每一块铜币……

莲花灯向那智慧海漂浮
晶华辉耀着赤子的明眸，
老师啊！我在诀别的深夜
长久凝视熟悉的窗口——

我知道你们也难以入眠
慈爱的心对我充满眷恋，
愿垂暮之梦，安稳又香甜
只有在梦境里跟我相见。

直梦到铁树林开满花环
尽管原野上荒凉一片。

五

尽管原野上荒凉一片
流放者脚印步步相连,
未来世界过路的人们
将对这脚印发出浩叹!

这不是鸿爪,也非雁书
隐约留存断续的乐谱,
高山流水,音信全无
倩女芳踪被野火烧枯……

千百年宝库被砸得稀烂
万座雕像被挖去双眼,
无数垂死的心,无语盼望
盼我编结出不死的花环——

即使我跌倒后,昏迷不醒
希望的种子决不会长眠!

六

希望的种子决不会长眠
只是陷入了昏沉的噩梦——
奴隶们,背负阴冷的巨石
在山脊垒起蜿蜒的青龙……

青龙的宝地,风水吉祥
工匠们修筑死神的殿堂;
铁锹声、镣铐声,伴着诅咒
咒暴君跟厄运一同灭亡!

梦见我也是一名死囚,
卷进人流,涌到烽火台下。
层层骸骨面对着城墙,
眼窝喷出蔑视的火花。

唯有这希望是压不灭的,
新芽将要从化石中迸发。

七

新芽将要从化石中迸发,
鲜绿的波纹,覆盖荒漠。
它会填平大地的愁容,
为花环平整出一个基座。

你们曾教我在七夕之夜,
把天孙的云霓,织成彩缎;
我也曾学会从九霄之外,
用观音的柳丝,编作提篮。

大手啊曾把着小手描画——
寒梅疏影,牡丹锦团;
东篱诗翁赠给我秋菊,
韶乐舞师送给我春兰。

这是维系我生命的憧憬啊,
废墟总有一天变成花园。

八

废墟总有一天变成花园,
但春光离我们多么辽远!
每天耕作在废墟上面,
焦土僵硬成碎瓦破砖……

长久弯着腰,脊背朝天,
山岭的重担积压在双肩;
任手心皲裂,脚心渗血,
汗水在伤口凝几层粗盐。

他们向你脸上吐唾沫,
还逼你感谢上帝的甘露。
为什么依然不倦地寻找
美的踪影,消逝在尘途!

诗魂在旷野上挥拳呼叫——
当野草装饰着青春的陵墓。

九

当野草装饰着青春的陵墓,
骄阳烤黑了枯叶上的血珠;
当鸦雀又衔来荆棘的尖刺,
老师啊,别垂下斑白的头颅。

当你们等待得陷于绝望,
阴风熄灭了守夜的灯光……
我要归来!是欢乐的回声,
我的歌安慰你们的愁肠!

火苗怎能为火海殉葬,
水波无法被洪水埋淹;
由苦难喂养大的歌手,
决不能毁灭于苦难。

如果为苦难的毁灭而树碑,
请把这束诗歌献在碑前。

辑五　炼狱之火

十

请把这束诗歌献在碑前；
洪潮奔涌向峻峭的海岸，
亿万次伸出刚毅的手掌，
将岩石磨成柔美的花瓣；

雪涛之歌，在风暴中翻卷，
降落在刀砍斧凿的山峦；
用纯洁的纱幕，遮掩创痕，
冰川塑成缟素的叶片。

我把这巨大的花环举起——
安置珠峰之顶，矗立天宇！
它将映照出日月星辰，
高寒里闪亮千万朵火炬。

渗血的嘴角露出笑容，啊
我愿怀着深沉的爱情死去。

十一

我愿怀着深沉的爱情死去,
为那些来不及开放的花朵;
带着蕴藏内心的芳馨,
带着没能够结出的硕果。

恐怕写不完这一束诗稿,
死神的黑影,就把我笼罩……
在短暂青春的最后一息,
老师啊,我只留下微笑。

让这尸骨归于大地母亲,
让这笑容给她一点温暖;
让人们永远回味这清芬,
却看不见我的血迹斑斑。

让我带走一切创伤痛苦——
只有这微笑,活跃人间!

十二

只有这微笑活跃人间,
百花的英灵,四面回旋——
扶起那些枯萎的枝干,
在冻僵的心头,唤醒春天。

教锦瑟重弹琵琶的苦恋,
教芦笛变奏胡笳的悲欢;
涌荡月光的秋水东流,
诗歌的命脉,永不中断。

莫叹我像那填海的精卫,
莫将我比作啼血的杜鹃;
我只是树根长出的花种,
魂魄飞扬,又归返摇篮……

让我在您怀中,微笑着安息吧,
慈母啊!这就是孩子的遗言。

十三

慈母啊！这就是孩子的遗言，
向戈壁滩倾注一股清泉。
骆驼守护着我，铃声震荡，
悲怆涌出它迷茫的双眼——

辉煌的夕阳斜照着驼峰，
金塔伫立泉边，岿然不动。
海市蜃楼铺陈着幻影，
白发红颜，往年之梦；

旭日腾烧起天火的光焰，
再生的凤凰围绕我身边，
一面翱翔，一面欢唱，
复活吧，五彩缤纷的花环！

欢乐的归宿，再不受摧残，
留给后人作永远的追念……

十四

留给后人作永远的追念，
漆黑背景，衬出花的鲜艳；
百年以后的炎黄子孙啊，
不要奇怪我们渊默无语；

巡天的星座并不交谈，
沉静地向暗空射出光箭；
也许那恒星，早已熄灭，
它的光却还在宇宙飞转。

飞光清扫弥漫的尘垢，
那时会发掘出牛棚的纸片，
碎裂的花瓣拼接一起，
就能再重现我微笑的真颜。

老师啊，为此感到欣慰吧！
你们曾教会我编结花环——

尾声

你们曾教会我编结花环;
以诗的梦想,梦的诗篇!
像花种活埋在污泥之下,
为迎接一个灿烂的瞬间。

尽管原野上荒凉一片,
希望的种子决不会长眠;
新芽将要从化石中迸发,
废墟总有一天变成花园。

当野草装饰着青春的陵墓,
请把这束诗歌献在碑前。
我愿怀着深沉的爱情死去,
只有这微笑,活跃人间。

慈母啊!这就是孩子的遗言,
留给后人作永远的追念……

1968—1970 年间

辑五　炼狱之火

【注】1968—1970年间,我在"牛棚"里、在劳改农场,经常回顾当年前辈们指导我学诗的情景,逐渐地把对老师们的深切思念铸入了一首奇特的长诗《花环》。这是一种九曲回肠式的诗体,由十四首诗组成,每首诗的最后一句也就是下一首诗的第一句,所有诗的第一句合起来又串为第十五首诗——尾声。十四行诗是文艺复兴以来欧洲诗人在长期实践中创造的一种新诗体,迄今仍为全世界诗歌界沿用。例如,在1901—2017年间获得过诺贝尔文学奖的诗人们中,有半数都写过十四行诗,其中叶芝的《丽达与天鹅》、米斯特拉尔(女)的《死的十四行诗》、聂鲁达的《爱情十四行诗一百首》等都是脍炙人口的名篇。闻一多曾把十四行诗体称之为"带着镣铐跳舞"。这首独具特色的《花环》,创新了一种被锁链镣铐捆扎而又不失自由自在的圆舞。

始 祖 鸟

鳞片刚变为羽毛

指尖伸向云层

拖一长串尾椎骨,

朝那虹桥爬升——

努力挣脱污泥的泥坑

抬起阴沉的腰身,

抗拒阴灰的厄运

在强劲的气流里沉浮!

抓住蓝天,预告

新生代的首次飞行!

世界在眼中缩为清晰的投影。

腾越云海和冰峰

终于唾弃了尘土,

吮吸着崇高的纯净……

辑五 炼狱之火

闷雷以专横的鞭笞

击落未成型的翅膀

吞没凌空的形象,

坠入火织的罗网

自由的旋风被殉葬;

压进死书的画卷

封闭在地狱的门框……

一旦人们凿开这牢房

把历史的垃圾扫清,

空中猛烈震荡

始祖鸟翅膀鼓动的回声:

亿万年前那昏暗

而又短暂的一瞬,

照亮了后代的眼睛——

留下生命腾飞的欢乐

永恒的第一道航程!

1970 年

从炼狱中复活

火 中 诗

大火淹没了丰满的书柜
木架轰然倒塌
焦黑的玻璃崩裂。
几栅日记,倔强地站立
瓷窑中的陶坯。

酷热的风,掀开纸页
火舌艰难地吞噬着,
紫红烟雾冉冉升起
上面凝结多少岁月
浓重的碧血。

重叠成阵的红叶
殊死顽抗,缓缓化为
一片片暗淡的蝉翼;
叶脉上隐约闪烁

银白色的字迹……

请读吧,这就是我的诗。

1970 年

【附】

火中诗(初稿)

面对红艳艳的橱窗
　　映照出焦黑的身体
看熊熊的火灾之中
　　被无情吞没的自己

我就是顽固不化的石柱
　　永远也无法毁弃
大火熄灭　浓烟消失
　　我依然挺立在这里

1967 年

从炼狱中复活

母 与 子

怒浪向着天边呼喊

锤打着严峻的海岸

青年死囚的母亲

锤打着牢房的铁栏

   她呼喊……

   绝望地呼喊:

   要见爱子最后一面!

悬崖峭壁的海螺

鼓起冻僵的耳膜

哪怕挤压成化石

回声震撼在心窝

   他听着……

   沉默地听着

   冥想世界末日的复活

1970 年 1 月 5 日

囚　徒

肩膀，血肉模糊
铁犁的纤绳被磨断，
脚掌，渗透盐碱
锋利的蚌壳被踩烂。

碎渣，深深刻入骨
赤脚的血印压进海滩
云层，骄阳闪动羞愧
照亮我坚定的双眼——

干牛马活，吃猪狗食
忍字心中压一柄刀叉，
俯首，看那柔韧的草根
横遭石板层层重压……

拼命，崩开砂岩缝隙，

苦尽甘来绽开小花!

1971年春,劳改农场人力拉犁

我 是 人!

南柯①下,他指给我看
那深挖巷道的工程;
匆忙来往的白蚁们
迟缓地忙碌不停。
同样的疲惫、同样的疏懒,
同样麻木的表情……
把树根嚼烂,把基石掏空,
踩着同伴的尸体爬行。
这密密麻麻的锐齿,

---

① 南柯:语出唐代李公佐《南柯太守传》。淳于梦梦至槐安国,任南柯太守,荣华富贵,显赫一时。醒后,见槐树南枝下有蚁穴,即梦中所历。

啃不动我的灵魂——
>我不是白蚁
>也不是黄蜂,
>**我是陈明远**
>**我是人!**

我的四肢不是用来
朝金銮宝殿匍匐跪进,
我的头颅不是用来
向阶下的赏赐扶手谢恩。
软刀子①杀人的凶手啊!
他会像焚烧查禁的书本,
焚烧我的全身。
就让这心血飞散青烟,
骨肉化作红尘,
从天堂之顶

---

① 软刀子:鲁迅曾引用鼓词云:"软刀子杀人不觉死。"比喻使人在不知不觉中受到折磨或腐蚀的手段。

到地狱之门，

熊熊地挺直我的巨影——

　　　　我不避厉鬼

　　　　也不敬天神，

　　　　我是陈明远

　　　　我是人！

1971 年

回　光　返　照

一

横绝太空的候鸟

沉浮洋面的海龟

经历环球跋涉，那出发地

巢穴，仍然可以返回

——我的目光啊!
你们飞越银河
亿万光年漫游以后
是否还能返回
这饥渴的眼窝?

二

青鸟之行,贯穿时空
惊涛,深不可测的背景
一直达到星海彼岸
我在另一世界的投影

从那儿,为我取回
比金羊毛、比橄榄枝
更值得珍惜的信物——
取回我对圆寂的皈依
我的目光啊!
那时,何处是你们的归宿?

三

啄遍史册的沉寂

翻开水成岩的片页

还会依稀辨认出

几行断断续续的象形文字

悟见前生,曾写出这诗篇的

早已不在的手

还在痴心等待

你们衔回的赠品——

以供养他火化的舍利子

那从另一世界赶来

跟他会合的影像回声

1972 年

古　墓

别来见我，钟情的人

这千年禁闭的幽囚

刚打开，搅得浊气翻滚

喧哗、喷泻、拥挤在出口

骷髅的黑洞，容纳不住

突如其来的光流

灼痛的空白，芒刺无数

是眼前唯一的感受

深知你忧心如焚

擎来火把　照透深秋

但是千万啊，别来探看……

听从我胸内的恳求：

干瘪的心，已经习惯

沉寂，它窒息得太久

别来碰我,知音的人

羽化的灵凤

早就游离琴身

只剩这蜕壳凝重

严守石棺,依然肃立

铅白的虎,铁青的龙

二十五弦残迹

再也无法拨动

合上睫毛,屏住呼吸

冥想为你伴奏

让霓裳飘然高举……

不眠之夜,无言地

抹去窗棂的寒露,等候

彩云从荒坟下升起

1973 年

银河系，我的大脑

亿万星球，布满银河系

亿万神经元，布满我的大脑皮层

浩茫宇宙，诞生于大爆炸

短促的时刻

是如何产生这么多

白炽、嫣红、纯青……

光焰四射的天体

欢呼，漫舞，绕过狂暴的旋涡

阴森的黑洞

它们是如何在太空

找到各自的轨道？

而我，从一点眼不可见的细胞

迅猛裂变而来——

一生二，二生四，成千，上亿

如何产生这样繁复纷呈

奇妙的神经元，在大脑皮层

找到它们各自的位置

亿万细胞，以统一的场

联成疏散而密切的网络

银河最终将枯竭

我也瞬息即逝

但这些思想，激发光流

会永恒地闪烁于后代的眼球

1974年参与翻译温伯格《引力论和宇宙论》时作

【附】

生死线上夜读

深不可测的渊默

只有夜读的孤灯闪耀

书页展现一笼篝火

光环晕圈编织纱罩

陋室的铁栏周围

成群饿狼咆哮

疾风伸出毛茸茸的长臂

破屋的梁柱晃摇

群兽惧怕这火花

绕行窗口来回蹦跳

雕鸮哭号，饥鼠磨牙

折腾到天光破晓

手指擦拭窗台，解冻霜华

毛玻璃折射我会心微笑

1974年初读温伯格《引力论和宇宙论》时作

大 鹏 之 歌

上帝折断我的一面翅膀

我被从云端扔进海洋，

白羽和血花的碎片轰响

波谷不忍心将我埋葬。

浪尖托住了我的单翼
支起一片帆,凌风远航,
另一段残翼藏在水下
船尾摇曳出曲折的霞光。

冰川冒着寒气擦过身旁
礁石下章鱼的触手伸张,
我默默飞驰,心里明白
一旦停留就只有死亡!

孤帆在迷雾里寻找东方,
让它的影子在暗中生长……
盼到天尽头,总能抓住
一片白云补好我的创伤!

1968年10月初稿,1975年定稿

辑六 学 步

赤子心（组诗）

1. 花苞与太阳

小花苞，仰起头，迎向日出招招手：
"您是彩云的花朵，我是绿荫里的太阳
咱俩原来一个样——一起点燃
一起开放，一起辐射光芒。"

2. 露和星的对话

露珠告诉晨星——
"你出现时，我也闪亮了，
你熄灭时，我也枯干了；
活泼的生命，都是这么短暂啊！"
晨星告诉露珠——
"我并没有熄灭，只是溶进曙光里，
你也没有枯干，只是溶进花丛里。"

3. 掌纹图

上一条是黄河,下一条是长江
中华民族的血脉
妈妈传给我,涌动在手掌
左一撇是长城,右一捺是运河
一个大写的人字
奶奶教给我,牢记在心窝

4. 朝云

太阳,从海面,放出一串串风筝,
新奇的图案,美化了蓝空——
不管飘得多高,飞得多远,
系住它们的长线,一直牵挂在
太阳的手心。

1949 年秋冬

【注】我还在刚认得一些字的时候,就喜欢跟着祖母和姐姐背唐诗。小学时,教语文课的郭谊德老师

也很喜欢诗歌。每周两堂课的作文，我常常花几分钟的时间就写一首小诗交卷，为的是省下时间演算我所喜欢的算术题。郭谊德老师把我这个小学生最初学写的一些诗（类似儿歌），如《花苞与太阳》《露和星的对话》《掌纹图》《灯塔》《洁白的衬衫》《桃核儿》等，整理后结集题名《童心一束》；后来，又指导、帮助我选录自己写的诗歌《浪花》《红铅笔》《红帆船》《卵石的梦》《十岁生日》《毛巾和白云》等，装订成第二本《练习曲集》。在老师的鼓励和指导下，小学时期的我学写诗歌的兴趣越来越大了。

学子新装(组诗)

1. 九岁生日

在我生日的寒夜,蜡梅还刚刚萌发
窗玻璃冰层冻裂,血纹织就了霜花
一条领巾嫩红,压在白枕头底下
暖流涌进新梦,眼中闪亮朝霞

2. 洁白的衬衫

洗得干干净净,洁白的衬衫,
帆影飞驰向地平线,是我们奔跑在江边

洗得干干净净,洁白的衬衫,
浪花开放在海岸,是我们欢跃在沙滩

洗得干干净净,洁白的衬衫,

轻云汇聚在山尖,是我们登上了高天

3. 桃核儿

皇后娘娘手指,炫耀一枚猫眼儿
皇后娘娘胸前,悬挂一块鸡心
皇后娘娘嘴里,吐出一颗桃核儿

晶莹碧绿的猫眼儿,情态妖媚
通红透亮的鸡心,胸襟狭隘
它们谁也瞧不起,堕落泥泞的桃核儿

百年之后,伴随皇后的骸骨
猫眼儿和鸡心,暗淡地殉葬冥府
只有灿烂的桃花之云,年年笼罩陵墓

4. 灯塔

海上的鸟群,数不清的船只,
黄昏里,为什么都向太白金星驰去?

光的纤索，以巨大的引力
吸住所有的归心，向灯塔汇聚。

1950 年春

第一个路标（组诗）

1. 十岁生日

这是第一个十字，画进了我的历史
晨星闪亮的标记，一横一竖地交织
横伸着热爱的双臂，拥抱新的宇宙
树立起事业的雄心，顶住天，扎根地球

这是第一个十字，指挥着进军的号鼓
彩色的光环和花束，在脚下铺展道路

2. 红帆船

让枯枝带一片红叶，落入碧水　漂流
竖立桅杆、扬起帆，轻风护送扁舟
卵石的暗礁，无法使你沉没
鸣蛙的浪涛，不能把你倾覆
你随着白云，自在地浮游吧！
追着幻影，一直到天尽头

3. 夏令营

沿着银河，燃起露营的野火
跨越山坡，升起通红的星座
手拉手唱起，探险队之歌
月宫里闯进了，你，和我

嫦娥的舞影回旋着，眼里的秋波
烂漫的杜鹃悬念着，金黄的秋果
肩并肩讲起，祖先的传说
月宫里闯进了，你，和我

4. 卵石的梦

青瓷盆里的卵石,悄悄孕育一个梦
它吞咽水中的影,它呼吸水面的风
月光的乳汁哺育它,繁星的衣裳覆盖它
虹霞的彩带袅绕它,幼年的梦一年年长大
它要啄破这圆壳儿,迸出一条闪亮的游龙
牵动水底的梦魂,呼啸飞腾　直上太空

5. 拳头和石头

拳头心里想不通,狠命地捶打石头
石头并不知道疼痛,受伤的还是拳头

6. 毛巾和白云

用毛巾擦手心,为的使手心清爽
可是用脏抹布来擦,却越擦越脏

用云朵擦蓝天,要擦得明镜透亮

辑六 学 步

没想到乌云弥漫,却带来雨暴风狂

1951年春至1952年春

【注】1953年夏天,我(12岁)在上海中学住读,给郭沫若写了第一封信,谈纪念世界文化名人屈原的事,并随信附寄了自己写的几首小诗,如《九岁生日》《花苞与太阳》《露和星的对话》《十岁生日》《夏令营》《卵石的梦》《桃核儿》等。当时,收信的地址是从报纸上看来的——"北京中国科学院",信中开头称郭沫若为"郭老师"。

1953年7月中旬,我收到了郭沫若于1953年7月12日写的回信:"亲爱的明远小朋友,读了你寄来的信和诗歌,我非常高兴。虽然你和我一南一北相隔两千里,一老一少相差半世纪,但我们的心是相通的。……你的几首诗写得这样生动活泼,一片纯真,令人惊讶。这大概与你从小背诵《唐诗三百首》,常受诗的熏陶有关吧?……今后你若有新的诗作,请再寄来给我看看好吗?"

清　早

迎来了窗口的小鸟
我的心也醒得很早,
眼睫毛还没有张开
胸喉就飞涌出歌笑——

窗前那透明的翠叶,
小手在玻璃上轻敲。
一阵旋风拨动露水,
千万滴小太阳蹦跳!

那是我开学的一天,
亲手呀种下的树苗;
我最爱看它跟着我,
不断地长大、长高!

1952 年

【注】1952年，我考入上海中学住校读书。这首诗是我1953年夏天寄给郭沫若的诗歌习作之一，后来由叶以群推荐发表在《上海文学》。同时，这首诗曾经过郭沫若、田汉反复指点修改："迎来了"原作"好似那""迎向那"，"眼睫毛"原作"眼睛呀"，"翠叶"原作"嫩叶"，"千万滴小太阳蹦跳"原作"千万点太阳光欢跃"，"跟着我"原作"和我一道"，"不断地长大、长高"原作"天天向上、长高、长高"。

图 书 馆

聚宝盆的库门打开
手心顺着窗扉抚摸
凤蝶，抛开美梦飞来
惊喜地凝视着我

假如我这黑亮的瞳孔

也具有花环般的翅膀

数不清的日月，折叠书中

蕴含着翱翔的奇想

琳琅满目的书架，等待

每一位来访者进门探索

揭开丰富神奇的华盖

打开眼帘，好书存入脑海

停泊港口，再闭上眼窝

默读中重温记忆的天国

1953 年

合　奏

你翻开五线谱的窗户

我拨弄铁栏杆的竖琴

你奏出欢乐主旋律
我和着有力的低音

五彩缤纷的音符
电线上来回飞舞
手挽手对齐脚步
胸中是一面定音鼓

双双白鸽
在霞光的琴弦上跳跃
串串蓓蕾
在花棚的琴谱上跳跃
汇合一注喷泉
在清池的镜面跳跃

我俩的手指
并排在键盘上跳跃

1953 年

献身艺术的孩子

如果你真正是
良种，孕育新芽
就不要畏惧
被暴风雨掩埋地下

假使春信只依托于
枝头的虚火烟霞
那才令人提心吊胆
尽管高高地悬挂

即使像一片嫩叶
拼命钻开石头缝挣扎
也胜过千万句空话

我宁愿结成无花果
也不愿

辑六 学 步

只开一朵空花

1954 年

百花齐放的校园

篱笆上的喇叭花
吹亮了欢欣的清露
攀住一条条细竹
奔放着起伏的乐谱:
——浅橙是低音符
　　粉黄是中音符
　　深紫是高音符

棚架上的吊钟花
敲开了崭新的门户
翻动一本本新书
召唤先锋的队伍:

——鲜红是领巾

洁白是衬衫

海蓝是短裤

1955 年

炉火的旋涡

——炉边夜话

冰水沿着窗框流淌

淋湿目光,彩晕飞扬

灰烬中拨开火苗

又煽得壁炉的水壶滚烫

火石相撞——

火的涡流,水的琼浆

火与水汇聚的龙卷风

拔地冲天,扶摇直上

泥塑木雕的佛龛偶像

以朽木供养，以牛粪供养

以世间一切污秽供养

赋予它荒唐的威望

1956年

轻　　帆

熏风在海面爱抚

翠香的草原涌来

浪花永远在旋舞

瞬息间，摇落又盛开

轻帆，一群群蝴蝶

鼓动着绚丽的翅膀

为采集纯净的花液

紧贴住微波，回翔

当心哪！柔叶繁枝

是水妖的利爪伪装

下面，有礁石暗藏——

毒牙啃咬你船底

彩色珊瑚的墓穴里

多少勇士被埋葬！

1957 年

虹 口 小 巷

——路畔花影

其一

晚霞，透过花萼

钻进一盏灯笼

如歌的行板,幽蓝
月影盘旋在甜爱路

花荫的小夜曲,无言
只含着两行音符
芳馨的密叶,和弦
曙光流连在甜爱路

其二

倾听你的歌唱
我默默深沉地呼吸
把你口唇的芬芳
珍藏在纯净的肺叶

我胸中辛勤的蜂箱
只酿造你的乐曲
流经心房每一滴血浆
复制你的旋律

1958 年

【注】甜爱路是一条幽静的小巷,两旁盛开着美丽的合欢花,离我读书的山阴路小学很近。小学时,许多小同学住在这条小巷里,放学后同学们经常一起在那里散步、游玩。小巷两旁的合欢花丛,给我的童年留下了深刻的美好记忆。多少年来,每当我回到故乡,一定要到这条小巷去,重温旧梦,流连忘返。

爱 之 禁 果

含羞的爱啊!你喷香的
青果,请让我尝尝
　　——这青果是涩的
只能给你闻一下

含娇的爱啊!你光艳的
红果,请让我尝尝
　　——这红果是酸的

只能给你看一下

含怨的爱啊!你莹润的
白果,请让我尝尝
　　——这白果是苦的
　　只能给你摸一下

1958 年

仙　乐

有多少钢琴,藏在
密林交响的峰峦?
石板的黑白键铺开
谁指挥万手联弹?

杜鹃怀抱着春末感伤
鸟语花香,辉耀山涧,

绿荫笼罩的湖边交响
百灵、黄鹂合奏丝弦；

但我俩的花萼依然
在清冷的梦中酣睡——
白露供养两颗苦心
孕育着羞怯的甜美，
带着未成熟的寒颤
静候一声轻雷……

1959年初稿

冥　　想

春光，忙碌在海滨
用虹气建筑着蜃楼
总觉得不够称心
刚造成又把它拆走

旋风，忙碌在晨昏
用云石堆砌着假山
总觉得不够称心
构图反复地变幻

细菌，忙碌在水沟
星光，忙碌在宇宙
我的血也终日奔波
大脑中涌荡涡流

通向地狱还是天国
究竟谁能够看透

1959 年

两 滴 泪 珠

眼神,遥相吸引
交感着同一韵律
晕眩,飞速旋转
在涡流中心相遇

悬空,一对圆轮
围绕无形的轴线
流连忘返,波纹
只牵挂这一丝心愿——

一旦热浪掀开
我俩能不能化为
同一朵彩云飞去?

一旦寒潮袭来
我俩能不能化为

同一片雪花凝聚?

1960 年

致 20 岁伽罗瓦

耳畔轻音乐如歌伴奏
埋头求解我俩的群论难题
多少幅画面在脑海漂浮
寻觅那没有人写过的诗句

在对称的方程式内
数学家发现了多少美
那节奏、旋律、意象、境界
使得我俩诗心陶醉

椭圆、双曲线、圆锥体
非欧几何

优美如同一组诗歌

数学与诗,我的一双翅膀
美的繁花由此得到哺养
没有他俩,我就无法飞翔

1961 年

醒　悟

早已熄灭的火山顶上
白云醒来,发现自己
是一圈冰雪的锋芒
点缀着老人们
光秃秃的思想

行将坍塌的峭壁凌空
苍松醒来,发现自己

是一只麻木的大鹏

装出翱翔的姿势

脚爪深深陷于石缝

　　　　　　　1962 年

淬火的灵魂

在我滚烫的脸颊上

感受你轻柔的目光

莹亮的碧波,涌向

灼热的炼钢炉旁

喷泉追忆,圆舞的乐浪

伸展水晶宫的梦乡

有一双灵活蹦跳的飞鱼

同游在渴望的眼眶

我举起炽烈的灵魂

投入皎洁的清凉

只听云霓一阵鸣响

留下利剑，闪闪锋芒

1964 年

【注】钢淬火工艺（锻造钢材）最早的应用见于河北易县燕下都遗址出土的战国时代的钢制兵器，最早的史料记载见于《汉书·王褒传》中的"清水焠其锋"。

祈　　求

我不再守候你，星光

当你的幻影射入我眼中

那曾经辉煌的位置上

只剩圆寂的黑洞

我不再期待你,甘露
当你刚向我杯中倾注
刚接触焦裂的嘴唇
悬空的银瓶就已干枯

但我永远祈求你,希望
明知吮吸的总是迷雾
明知触目的总是凄凉
我永远祈求你,希望
只有你能把我变成甘露
只有你能把我变成星光

1965 年

附录

《劫后诗存》前言

赵朴初

陈明远属于新中国成立后成长起来的一代新人。现在,他已是知名的中年学者。近几年,他连续发表了六部语言学专著和三十多篇论文。国家已正式公布了他在计算机信息技术方面的两项重要发明,他是我国首批获得发明创造专利的科学家之一。像他这样年龄的人,能做出如此成就,确实难能可贵。

更为难能可贵的是,陈明远的诗歌,包括新体诗和旧体诗,写得很好,才华横溢。他从童年时代起,就受到郭沫若、田汉等诗坛前辈的关心和培养。1966年"文化大革命"一开始,青年陈明远的十九首诗词竟被广大人民群众误认为"未发表的毛主席诗词",被全国各地传抄、翻印。他因此罹祸,蒙受不白之冤长达十二年之久。在艰苦的日子里,青年陈明远被剥夺了从事科学研究的权利。但他并没有灰心丧气,而是呕心沥血地在"地下"创作了几百首诗歌作品。到 1976 年天安门"四五运动"期间,他的许多诗又在群众中流传。经历过"十年浩劫"的人们,几乎都传诵过这位无名诗人的"著名"诗篇。

我是在"文化大革命"中期认识陈明远的。尽管"四人帮"把他诬陷为"反革命",但我当时认为他绝不是"反革命"。我们是同志,是诗友,是忘年之交,人民群众喜爱这位年轻人的诗歌。近来,国内外有三千多位读者纷纷写信要求公开印行陈明远的作品。世界知识出版社整理出版了《劫后诗存——陈明远诗选》,为大家做了一件好事。我乐于向广大读者推荐陈明远这样一位科学家兼诗人,我也希望能看到他在科学研究和诗歌创作两方面不断有新的成果问世,为中华民族作出更大的贡献。

1987 年 10 月 4 日

《无价的爱》序
——读明远的爱情诗选

宗白华

世界上任何一个文明地区，爱情诗都具有崇高的地位。爱情诗的艺术，早在有文字记载之前就已诞生，世世代代以口相传，时时处处配乐吟咏。爱情诗的历史可说是跟人类文化史一样古老，而她的青春，至今仍葆有不朽的魅力。

近代文学史上，专门奉献给自己爱人的爱情诗集，是从意大利诗歌之父但丁开始的。但丁（1265—1321）少年时代留下的第一首作品，是抒发对少女贝雅特丽采的爱情的十四行诗。在她不幸夭折以后，但丁于1293年把专为贝雅特丽采而写的情诗编为一集，题名为《新生》。稍后，文艺复兴时期的伟大诗人彼特拉克（1304—1374）写出了他最优秀的作品《歌集》，抒发了诗人对他倾心的少女劳拉的爱情。在英国文学中，莎士比亚（1564—1616）著名的《十四行诗集》是献给一位青年和一位"黑皮肤少女"的情诗。布朗宁夫人（1806—1861）的《葡萄牙十四行诗集》是专为爱人布朗宁而写的，被公认为19世纪浪漫主义的杰作之一。此外，数百年来世界各国涌现的爱情诗集，不胜枚举。

我国古代传统诗歌中，还没有这样的专集。在两千年的封建礼教禁锢下，我国历代的情诗（除《诗经》《汉乐府》中的一部分民歌以外）绝大多数局限于"寄内""悼亡""赠妓"之类，而缺乏大胆表现青春期恋情的诗作，更不见专为献给爱情而写的诗集。五四运动以后，出现了闻一多的《红豆》（1923年，为《红烛》中的一辑）和郭沫若的《瓶》（1925年），开了我国爱情诗集的先河。至于新中国成立以后，专为奉献给爱情的诗集，眼下我就只见到明远的这一部了。

几十年前我曾在《恋爱诗的问题》中写过："中国千百年来没有几多健全的恋爱诗了（我所说的恋

爱诗自然是指健全的、纯洁的、真诚的）。所有一点恋爱诗不是悼亡、偷情，便是赠妓女。诗中精髓神圣的恋爱诗，堕落成这种烂污的品格，还不亟起革新、恢复我们纯洁的情泉么？"我又在《乐观的文学》中写过："我觉得中国社会上'憎力'太多，'爱力'太少了。没有爱力的社会，便没有灵魂……所以我们若要从民族底灵魂与人格上振作中国，不得不提倡纯洁的、真挚的、超物质的爱！"

令我十分惊喜的是，我从明远的这部爱情诗集里面，看到了我久已向往的纯洁的情泉，健全的、真挚的、超物质的爱。特别从明远的人格的成长，看到了这种"爱力"的优美与高尚。唯有心地纯真的青年，才写得出感人至深的情诗。明远的这些情诗，是精心选录的，基本上按写作年月编排。在我进一步了解了明远的身世以后，我更体味到在这些绮丽生动的诗行下面，还隐藏着极深沉的哀艳凄绝的故事。人们都观赏湖面上纯美的莲花，而往往忽略了湖底深埋的苦根。

从艺术上说来，我发现明远的诗风是丰富多

彩、不拘一格的。表现手法随着意境的变化而变化,随着恋情的发展而发展,但这变化与发展又始终体现出一片赤诚、一往情深,不断开拓新颖独特的美的领域,给人以柳暗花明的感受。古今中外的情诗,车载斗量,最易落入俗套、滥调;然而明远的情诗,完全是他的本色,与众不同,写出了人之不能写、道出了文之不能道,确实难能可贵!在抒发初恋的纯真烂漫时,他较多运用了"新浪漫主义"的艺术手法;在人生旅途上逐步趋向成熟后,在挖掘深层的无意识下的爱的宝藏时,他又较多运用象征主义和超现实的艺术手法。(我不套用所谓"现代派"的标签,因我认为这个词过于笼统而常遭误解。)明远虽然尽力吸取古今中外的营养来丰富自己,他却完全不同于那些"食洋不化"和"东施效颦"的模仿者。多年来,他从原文、从译文仔细读过大量的外国诗,也研究过中国现当代的新诗。明远对我说,他读诗的一个目的就是绝不重复,一旦发现自己的诗与别人的诗有稍许类同之嫌,立即删除而毫不顾惜。正是出于这样执着的艺术追求,明远的诗才能够在这"滔滔者天下皆是"的乱世中，自甘寂寞而独树一帜。

六十年前，我惊喜地发现了沫若的诗，把他推荐给广大的读者；今天，我又惊喜地发现了明远的诗，我更要热诚地把他推荐给广大的读者。明远不愧是沫若亲手培养起来的新诗后继人。我们读了明远的诗，萌生了一个殷切的期待——期待他成为20世纪中国的但丁和彼特拉克，以卓越的诗才完成他的历史使命：歌咏人生、歌咏青春、歌咏不朽的爱情！

明远的这部爱情诗集，自有一股震撼人心的魅力，使我再次读罢也忍不住老泪纵横、掩卷长叹，竟不能再写下去。

1982年春于北大朗润园

附录

请取下这部诗歌慢慢读
——读《无价的爱》

萧　潇

——请取下这部诗歌
　慢慢读，回想
　你过去眼神的柔和
　回想昔日浓重的阴影

朋友，除非你从来没有打开这部情诗（那将是多大的遗憾！），无论你是谁，只要你一打开它，你的心灵立刻就会被它牢牢地吸引住。你打开了一个神秘的宝藏，任何人都能从这宝藏中找到自己倾心喜爱的珍品。

年前，当我初次发现一部由电脑打字印刷的精致的版本时，忍不住惊呼：原来这就是明远兄的情诗！

认识他这么多岁月，知道他发表过脍炙人口的《地下诗草》（1976年油印本；1978年铅印本；1986年潇湘文学书社本）和《劫后诗存》（1978年铅印本；1988年世界知识出版社出版），知道他开设过深受欢迎的中外诗歌讲座，知道他曾为诗歌而历尽磨难宁死不屈，但还不曾料想到，他竟然能够一下子公开了这么多美不胜收的情诗！

这是如此缠绵悱恻的秘密，他像珠贝含辛茹苦一样从不轻易对外人吐露的秘密！

是的，这正是明远兄赤热的心化成的情诗，也正是鲁迅所说的"血写的诗"。

除了他，还有谁曾在无限钟情的眼睛里发现如此深邃、幽美的神奇世界？——

　　星空
　　浓缩在你的瞳孔里

　　我的躯壳永远无法触及的
　　灿烂天体

使夜梦　孵化为

　　磷光闪烁的羽翼

　　湿润地

　　只环绕你，飞

　　舞，归于圆寂——

　　美的世界，浓缩在

　　你的瞳孔里

读了明远兄的诗句，谁的心不为他这样赤诚的爱而颤栗、而共鸣？

细细读这七辑精选的情诗，你会感到它们一以贯之、串成七级宝塔式的艺术整体，引着你一级一级地攀登，境界一步一步地拓展。你情不自禁地随之喜、笑、歌、哭，顿悟了爱的酸、甜、苦、辣，体味到"满纸荒唐言，一把辛酸泪"，体味到超凡脱俗、凌驾于生死之上的一个"情"字。

"雅俗共赏"本来是艺术家与审美者所高悬的一大目标。不过，现代文学作品真要做到"雅俗共赏"谈何容易,而现代诗真要做到"雅俗共赏"则更是难上加难!但是,据我近年以来在老、中、青三代人里面收集到的反馈,明远的这些情诗,确实达到了难能可贵的"雅俗共赏"!

他的有些诗篇,冰清玉润而不流于肤浅,通体透明而蕴涵幽深的层次。

如《攀登》一诗,表层写的是莘莘学子的春游,骨子里暗示的是对于传统儒家、道家、佛家三种境界的扬弃与超越,对于现代和未来的真、善、美的憧憬与追寻。

又如《爱之禁果》是一首芙蓉出水般的小诗,则是戴望舒风格的进一步发展,闪烁着美玉的洁光。

开卷一篇《眷恋》,首先袒露一片纯真纯美、质朴感人的情怀;继而引出《发现》,引出《望》和《寻》,引出《谜》和《愿》,引出《祈求》……挚爱的肺腑之言,任你是铁石心肠也不能不被他打动、被他震撼!诗人在恋情的不同时期所发出的种种心愿,每次读到都催人泪下,激动的心情久久不能平息。

明远的另外一些诗篇,则是错彩镂金而不故弄玄虚、光怪陆离,避免了艰涩的偏枯。

如他最为得心应手的一些"颂内体",是继冯至、卞之琳以后的又一开拓(此点王力先生早就指出过了)。仅举《夜歌》之沉哀,《肖像》之凄绝,《红伞》之坚贞,《前额》之痴情,《玫瑰花信》之无畏,《美的顾盼》之迷离恍惚,《爱的旋律》之幽怨悱恻,《两滴水珠》之巧构玄思……怎能不让人一唱三叹,拍案称奇!

明远的一些绝妙好辞,初读之,难懂,而又引人入胜、愿求其解;继读之,可懂,而又发人深省、回味无穷;再三读之,却又叫人感到似懂非懂,给予读者、评者以充分广阔的再创造的自由空间。如他呕心沥血的力作——《飞天》组诗,完全能够充实成一部长篇传奇小说;又如超现实主义的内涵极深的绝唱《夜曲·九歌》,何尝不可铺陈改编为九曲回肠的电视连续剧?

推而广之,如果根据这部情诗选阐释出几十篇赏析文章,肯定可以赢得广大的读者。有心者何妨一试呢？

  我爱读彭斯、济慈，爱读叶芝、瓦雷里，爱读洛尔迦、艾吕雅，爱读徐志摩、戴望舒，无论古典派、浪漫派、象征派、现代派、未来派……凡是所能收集到的中外情诗，我都曾经如饥似渴地找来读过，有欣赏的，也有厌恶的，有徒具空名而读之失望连呼上当的，也有长期埋没而为之扼腕仰天长叹的……现在，我格外激动地反复阅读了明远的情诗，我强烈体验到一种我过去读别人诗作时从未有过的冲击，真是"可意会而不可言传"，所写下的感想还没能表达出十分之一。

  明远是我的诤友、畏友。我不敢自称是明远的知己，一向跟他只是"君子之交淡如水"。但我知道明远为人光明磊落，正像他的名字那样，"淡泊以明志，宁静而致远"，表里如一，确是一个难得的堂堂男子汉。在他光彩照人的音容笑貌面前，我常自惭形秽。我知道明远平生最烦厌的是阿谀奉承、浮而不实、哗众取宠、装腔作势、口是心非，他的坚定鲜明的情操，他的坦坦荡荡的胸怀，在世故者看来几乎是一种不合时宜的洁癖。然而，这也即明远之所以是明远，否则就写不出这样感人至深的诗篇！北大的两位德高望重的教授——美学大师宗白华和语言学大师王力，从来治学严谨，不轻易为人写序跋的，他们却异口同声、多次公开的对于明远的诗品、人品作出高度的赞扬。这绝不是出于偶然的。

因此，我在写这篇短文的时候，常常抑制住内心的激动，捏紧颤抖的笔杆，慎重地挑选词句，不敢有丝毫的虚夸。当明远兄谦逊地征求我的意见时，我竟嗫嚅着只说得出"爱读，很爱读！非常爱读！"这样一句最简单的话。

是的，我相信广大读者都将跟我一样，爱读明远的诗篇。他不是彭斯、济慈，不是叶芝、瓦雷里，不是洛尔迦、艾吕雅，也不是徐志摩、戴望舒，……他就是一个纯真纯美的明远。可以毫不夸张地说：明远的诗篇在我心目中的地位，与我最钟爱的那些诗篇相并列而毫无愧色。不管别人怎么看待，我将终生以感激的心情珍藏明远的诗，因为在我庸碌繁忙、艰辛曲折、单调乏味的生活中,明远的诗使我混浊的心灵得以净化,使我渺茫的理想得以坚定,使我芜杂的情感得以升华。在一天的劳累之后,在自己的角落里,在柔和的灯光下,翻开明远的诗,我就进入了一个色彩缤纷的世界,他给予我一种无可替代的欣喜和慰藉。

朋友,我要对你说:请取下这部诗歌慢慢读——你也会找到一个永恒的情侣,一个挚爱的灵魂。

1996 年

附录

谈陈明远的诗

屠 岸

陈明远,是新中国诞生后成长起来的一代新人。

我认识陈明远是在1980年代,至今已有三十多年。我先后读过他的四部诗集,以及1993年版的《七家诗选》和2017年版的《七家诗选》(增订本),包括他的几部早已发表的长诗:《飞天》《花环》《圆光》《九章(慈母之恋)》《树根的废墟(交响诗)》《独上黄山(组诗)》《夜曲·双星》《越狱》。此外,还有一些迄今尚待刊载的长诗,如《黑与白(组诗)》《大宇宙》《太平洋交响曲》等。

陈明远是我国当代著名的计算机语言文字信息处理和数理语言学、心理语言学等边缘科学的学者,又是一位卓越的具有独特个性的诗人。他写的新诗和旧体诗词,功力都很深厚。在前辈田汉启发下，他在青少年时期就尝试把旧体诗词改写为新体诗，又花费多年精力将郭沫若一些旧体诗词编译为新体诗《新潮》并获得好评。但由于当时"左"的思潮统治着中国，这些都是在"地下"进行的。当今天的读者了解这些情况后，他们对陈明远富有传奇色彩的经历产生了浓厚的兴趣，以致许多人对这个"陈明远现象"进行了深远的思考。

改革开放初期，新诗作者有两批主力：一批是"归来者"诗群，另一批是被称为"新生代或知青"诗群的后起之秀，他们共同创造了一个新诗发展史上承前启后的过渡阶段。

"归来者"诗群，是指"文革"前已发表诗作，但在"肃清胡风反革命集团"及"反右"运动和"文革"中受到迫害的诗群，主要有艾青影响下的"七月派"诗人——绿原、曾卓、牛汉等，"九叶派"诗人——郑敏、袁可嘉等，还有屠岸、蔡其矫等。当时，最年长的艾青69岁，其次蔡其矫61岁，接下来就是四五十岁的壮年人：郑敏57岁，绿原、曾卓55岁，牛汉、屠岸54岁，流沙河46岁，邵燕祥44岁，大多数都是正值身强力壮的"黄金时代"。用现代眼光看来，"归来者"群体经历丰富、创造力持久旺盛，不愧为20世纪后半期中国诗坛的中流砥柱。1981年，诗选《白色花》出版，收入了被称为"七月派"诗人的作品；同年，《九叶集——四十年代九人诗选》也出版了。

另一批被称为"新生代或知青"诗群的后起之秀，主要有29岁的食指，28岁的北岛、江河，27岁的芒克，25岁的舒婷，22岁的顾城等。知青，特指"文革"十年间自愿或被迫从城市下放到农村"接受再教育"的年轻人。这些人中大多数实际上只接受了小学、初中的正规教育，如诗人食指（郭路生）、北岛（赵振开）、舒婷（龚佩瑜）、顾城等，而几千万知青在"十年浩劫"期间都或多或少地参与了当时的"革命运动"，甚至许多人曾加入红卫兵，他们中间仅仅有一小部分人爱诗或写诗。

生于1941年但在1963年就大学毕业并在中国

科学院担任科研工作的陈明远,实际上属于"归来者"诗群里面最年青的,也属于"新生代"诗群里面最年长的。这种情况十分罕见。

赵朴初先生在1987年为陈明远诗选《劫后诗存》写的前言中说:"他的诗(包括新诗、旧诗)写得很好,才华横溢。经历过'十年浩劫'的人们,几乎都传颂过这位无名诗人的'著名'诗篇。"在当代诗史上,享有如此殊荣的人也是很罕见的。

陈明远在严父慈母培育下,从小就能背诵《唐诗三百首》,9岁开始学习写诗。他在《劫后诗存·诗歌,我灵魂的翅膀》一文中回忆道:"小学班主任郭谊德老师(家住近处,即山阴路大陆新村),她是喜欢诗的。一开始,小学生的我常常花几分钟的时间写一首小诗交卷,为的是省下时间演算喜爱的算术题,也许因为老师从没有责怪,我写诗的兴趣越来越大了。郭谊德老师把我最初学写的一些诗(类似儿歌),如《花蕾与太阳》《露和星的对话》《掌纹图》《灯塔》《洁白的衬衫》《桃核儿》等二十几首,整理后汇集起来题名《童心一束》;后来,又帮助我将自己写的诗选录《浪花》《红铅笔》《红帆船》《卵石的梦》《九岁生日》《毛巾和白云》等，订成第二本《练习曲集》。"

1952年，由于父母调往外地工作，11岁的陈明远便考取了上海中学住读。这年8月开学前，郭谊德老师亲自送他坐车到上海中学报到，并见了新的初一班主任杜淑贞老师。慈眉善目、热心肠的郭谊德老师将陈明远学写诗的《童心一束》《练习曲集》两册练习本介绍给了杜老师，并请她好好指点、培养陈明远"德智体美全面发展"。

在中学时期，陈明远曾多次尝试写长诗，如《抚摸阳光》《小湖畔沉思》《马来亚华工子弟》等。同时，他和好友郭世英、郭民英等协力切磋新诗创作，倾向于"新浪漫主义现代诗歌"的尝试，并编成一部《新三叶集》（但可惜的是，在当时的社会条件下未能公开出版）。

陈明远最成功的长诗作品，还要数早期发表的《飞天》。1962年，陈明远21岁时写成长诗处女作《飞天》，这是他为一位"献身于舞蹈"的女友写的。

他在《飞天》的"小序"中作了追忆和说明:

"有一位献身于舞蹈的女友,不幸膝盖受伤,静卧床上。好几次,她在我去探望的时候,断断续续地向我讲述了她每当拂晓时眼睛瞪着天花板舞动的种种幻觉,以及许多不眠之夜涌动而来的梦想。为此,我曾写了一首长诗《飞天》念给她听。她侧过头,捏紧我的手心,眼角迸出一串晶莹的泪珠,久久地闪动在枕巾上。……后来,她在我的生活中消逝了,连照片也没能留下,而那首长诗的手稿也曾被撕成碎片,但是这些舞影、这些诗行仍然铭刻在我的脑海里。直到如今,每当天光破晓时,我眼里经常再现这种羽化的幻觉;在不眠之夜,我总是重温着这些飞动的梦想。"——

天花板隐入恍惚的薄雾／后面,冷冽的黄泉／蚌壳展现七色彩珠／喜马拉雅脚下,亚热带的繁花／烂漫的笑容投射冰峰／雪线搭成棚架。苍穹悬挂／一串串铃鼓,一排排编钟／悠扬的乐声,由远而近……／热望和酸楚撞击你的心／坚冰开始碎裂，挤压河岸／卷来欢声笑语，夹着呻吟／每道晨曦都是锐利的长刺／挑开菲薄的衣襟，划出血痕／每滴甘露，含着海的苦涩／湿透鬓角下深凹的枕巾……

少女爱看《红菱艳》的"你为什么要跳舞"对答，心同此理；但因遭环境限制未能"献身于舞蹈"而常怀隐痛、非常压抑，渴望"羽化"，即奔放展翅、翱翔于蓝天白云之间。陈明远深受浸染，他这样描写少女羽化的梦境：

湿漉漉的翅膀被紧紧束缚／在抖索、在扑腾，充满渴望／拼命想从僵硬的躯壳里钻出／新羽未干、还没长全／但怀着惨痛而甜蜜的梦幻／要飞翔、飞翔，高高飞翔！

诗人以极大的同情描述垂危于病榻的未成年舞蹈家的痴迷、幻觉。女友临终，表示了她最后的愿望：挣脱一切束缚，羽化成仙，如同飞天的火鸟一样复活：

> 从殷红的云峰，传来／鲲鹏搏击的厮杀声／惊起了迷惘的梦／幻入混沌中，潜行／稚嫩而顽强的吻／一刻不停，敲啄这心胸／它鼓动湿漉漉的毛羽／冲击我肋骨的囚笼／沉酣麻木的太空／突然感受尖锐刺痛／躯壳的腐肉，如同泥炭／烟雾滚滚，火苗攒动／热气蒸腾的血泊里／复活的火鸟，跃上苍穹

从今天的眼光看来，长诗《飞天》含有超现实主义的因素：在经受了层层束缚、折磨后，渴望解脱，以"超越现实""超越理智"的幻觉、梦境、白日梦等作为艺术创作的源泉，以求显示客观事实真相，揭开本来面目；它源于现实生活，又高于现实生活。超现实主义致力于探索人类经验的先验层面，力求突破表面现象，尝试将现实观念与本能、潜意识与梦的经验相糅合，以展现一种超然的真实情景。

《飞天》如痴如醉地再现了唐代敦煌壁画的舞影、汉代的编钟罄鼓……一系列超越千古的经典歌舞，与现代芭蕾舞剧《天鹅湖》的有机结合天衣无缝，确实是难能可贵的艺术珍品。

陈明远写于1968—1970年间的组诗《花环》，由十四首十四行诗和一个也是十四行诗的"尾声"组成：各首之间首尾重叠（上一首的末句即下一首的首句），各首的首句连接起来成为一首十四行诗——"尾声"。这部组诗真正是一部"带着镣铐而又拼命挣脱束缚的舞蹈"：在诗人受尽凌辱，被折磨、拷打得遍体鳞伤，又被打入"牛棚"和牢狱受尽折磨之时，面对"大革文化命"所造成的文化沙漠，缅怀几位导师对他的关怀和培育，把他在导师们教导下编织的新诗"花环"精心编制创建出一环奇迹、精品，并敬献给前辈、敬献给人间——

你们曾教会我编结花环/花还没采全，就散作灰烟，/空虚的双手沉重得颤抖/串花的红线变成了锁链。/透过铁栅栏向铅空仰望/

苍老的冬阳萎缩成月亮，/遥远而亲近的目光召唤/花信风又朝我胸前震响。/除了不屈的心，一无所有/生花的彩笔都被折断。/沙尘里跳荡着瑶琴的碎片/皮鞭下树影萧条零乱……/我仍然动手描画春天；/以诗的梦想、梦的诗篇！

诗人始终坚守人格的尊严，以"可杀不可辱"的不屈信念预言"废墟总有一天重建花园"。这部组诗，在阴暗潮湿的牢狱监禁中经过严酷的反复琢磨、推敲，运用"三三二二"或"三二三二"的格律句式，炼字、炼句真可谓刻骨铭心，浸透着对黑暗的抨击，对祖国的忧虑，对人生的思考，对未来的憧憬，同时也体现了诗人"虽九死其犹未悔"和顽强地朝着理想一往无前的精神——

留给后人作永远的追念/漆黑背景衬出花的鲜艳，/百年以后的炎黄子孙啊/不要奇怪我们渊默无言；/巡天的星座并不交谈/

沉静地向暗空射出光箭，／也许那恒星早已熄灭／它的光却还在宇宙飞转。／飞光清扫弥漫的尘垢／那时会发掘出牛棚的纸片，／碎裂的花瓣拼接一起／就能再重现我微笑的真颜，／老师啊，为此感到欣慰吧！／你们曾教会我编结花环。

《圆光》也是一部"花环"式的十四行组诗，初稿写于1985年清明节，此后在1990年代又作了修订。这部组诗用象征手法再现了1976年天安门广场"四五运动"在诗人心灵上引起的巨大波澜。1966年12月，由于周恩来总理的过问，陈明远才暂时摆脱了"伪造毛主席诗词"罪名引起的惨祸。凡是读过路丁《轰动全国的"伪造毛主席诗词"冤案》一书（湖南文艺出版社，1986年）的朋友们，无不为陈明远遭受飞来横祸而深表义愤，也无不为他对林彪和"四人帮"的爪牙进行顽强抗争而产生钦佩之情。

《圆光》引用了闻一多的诗句"那便是奇迹／半启的金扉中，／一个戴着圆光的你！"——

> 将会有一部电影，重现／这一切，正如我此刻期望／波影编织莹洁的花圈／然后陨没，抛向一旁／落花的光束，卷起旋风／不用留存片言只语／唯有灵气升腾太空／朝荒原里的石窟汇聚／火把曾经照透心底／如今凝作深沉的黑洞／只要梦中不丢失这彩笔／它就会画出千万道殷红／无形的巨像，万众景仰／头顶罩着纯正的圆光

诗人以大无畏的英雄形象勇敢地预言"无形的巨像，万众景仰，头顶罩着纯正的圆光"。宗白华曾认为陈明远身上有闻一多的传统，冰心当年也称赞"陈明远不愧是当代闻一多"。

在此十年之前，青年陈明远在《九章（慈母之恋）》中自比为魂魄在天地间飘荡的孩子，在追问和感慨中尽情抒发赞美母爱的情怀：

> 我支撑住血淋淋的躯体，／怀中藏着炽热的诗／辗转在潮湿的泥地——／亲娘啊！／我

听到你沉重的叹息。／我听见那轰毁的名园里／千万颗碎玉在抽泣，／那残存的铜像朝天祈祷／愿落叶守护你的行迹。／你宽厚的手，抚摸／那些折断的花枝，／把她们从瓦砾中扶起

这覆盖一切罪孽的静夜／有那么多忠魂在徘徊，／要向你倾吐悲愤——／亲娘啊！／那么多儿女需要你的安慰。／你苍老的脊梁，承受着／那么多被砸烂的丰碑！……

这就是诗人陈明远的形象，他的诗就是从这血与火的炼狱中用对祖国呕心沥血的挚爱培育而成的。陈明远的新诗十分注重音韵、节奏、句式的设计和段落的平衡。因此，他也被诗评家汪剑钊等看作"新体格律诗的一名重要代表"。他创作的新体诗除注重音韵、节奏外，在遣词造句上也十分考究，非常注意修辞的运用，用语大多偏于圆润和典雅，其早期诗歌氤氲着浓厚的浪漫气息，甚至不乏现代派风格的一些特色。

在理性与情感之间找到平衡点，这是陈明远的

优势,也是他诗歌的特点。他弥合了感性与理性二者的差异,找到了它们内在的秘密联系,亦即诗人所称的"最佳契合点"——创造心理。那么,陈明远是如何把创造心理贯彻到艺术的实践中的呢?在长诗《九章(慈母之恋)》中,一咏三叹,重新塑造了永生的慈母:

> 这最后一息遗念/陷入天殇的沉哀——/凝聚太空无形之气/切莫向四方散开/不知破碎的躯壳/与高昂的颅骨何在/只探出无臂之手,划动/一根火柴……/愿以孩儿一身之火焚,换慈母复活过来!/……有朝一日,层层积压的劫灰/光华闪烁,掀开这阴沉的坟窟/辐射出召唤之火炬:/啊,你们所有的原子/将从宇宙的每个角落/从朦胧星云,从巍峨珠峰/从原始森林,从黄土高原/从浩茫东海——/都欢欣鼓舞地/返回广场上来/在这石碑的废墟,/这血火圆寂的底座/重新塑造/一位永生的慈母!

于是，读者们看到了徘徊在汨罗江畔的伟大诗人屈原在现代时空里复活了：诗人怨愤、不平、绝望，但矢志不渝，仍然把个人冤屈抛在一旁，渴望将自己的血肉、身躯、毛发、白骨与自己的祖国同生存、共命运。诗人以细微极言尽力描画了他对慈母（祖国）的爱恋之深。

陈明远在21世纪初创作的组诗《独上黄山》，则是独出心裁地灵活采用"十四行诗"与"俳句"交替轮回的形式，暗喻了生与死之间的关系，贯通了先祖先宗的血脉遗传，让"前生、后世"穿越了"永远不能弥合的距离、永远不能重合的躯体"而拥有了永恒：

我的血脉啊，在暴雨山洪以后，找不到河床／恍然听见了，声嘶力竭的寂寞，正在赞美你／谪仙　飞升之前／留下无言的诗／地心涌注黄泉／刻出人字的碑／自从我渡过云海／登上你的岩岸／你已经不再／是昨日黄山陈明远的长诗《越狱》刊载于《七家诗选》初版本，是一首惊心动魄的以超现实手法描写幻觉、梦境的独特长诗。他用反复出现的吼声"全都闪开！／我要出来！"，以及与此相呼应的回音"爱！爱！爱！"表达了追求自由的主题。长诗《越狱》包括十个部分：一、夜半吼声；二、注视；三、挣扎；四、鼓点；五、核；六、舍利子；七、霹雳；八、火；九、永恒的波动；十、尾声。开场不久，便是沉默中充满悬念的"注视"——

> 垂下眼帘　独自无语／注视灵魂深处／一对水晶球　相互围绕　缓缓转动／庄严地／从昏暗转向微明／混沌之中／电子云　忽然闪出／夺目的奇彩／银河的旋涡／伸出　莹亮的羽翼／朝我头顶　呼啦啦地／共振　拍激……／展开一束／辉煌的火炬／在宇宙间　飘舞／最后　凝聚成一颗／坚定不移的天体／——我的心

此后，幻觉、梦境沿着昏暗、迷茫的背景层层深入,曲折扩展,分层显示了形形色色的幻梦:遍体鳞伤的昏迷、碧血凝聚的沉睡、乱棍拷打后的痉挛、残忍暴虐的乱梦、死处逢生的幻象、突然惊觉的醒悟——奴隶的死亡失去的只是奴役……直到尾声,呈现了出乎意料的终曲——"焦黑的躯体/猛地迸发血红的花束":

> 群山　冬眠初醒的时节/许多恐怖的夜话/都已融化　埋藏草根/清泉　踏着洗净的山石/欢歌笑语而来/她突然止步　屏住呼吸/看见那株焦黑的躯体/猛地迸发血红的花束:/一阵阵　火的旋风/卷扬着狂热的吼叫——/"全都闪开!/我要出来!"/每到夜半/火的吼声/撞击着黄土　撞击着灰空/撞击着银汉　撞击着星云/撞击着刚从黑洞里挣脱的空气/到处呼应着:/——"爱!爱!爱!"

有评论认为,陈明远的长诗《越狱》不同凡响,吼出了人民群众在史无前例的"十年浩劫"中对自由、和平、幸福的美好向往，类似贝多芬的交响曲谱写出了庄严肃穆的自由颂歌。

陈明远的自由体长诗《树根的废墟（交响诗）》作于 1976 年 9 月，即"四人帮"倒台的前夕，初稿刊载于《七家诗选》初版本。其采用经典交响曲的章法结构，由四个乐章加一个尾声组成：第一乐章"出世苦行"，第二乐章"谁能隐居"，第三乐章"适者生存"，第四乐章"醒悟"，尾声。最后，诗人以自我形象作了独白——

深山，树根独立于废墟 / 我独自潜行此地 / 含笑藏匿 / 沉思默想，无言慰藉

陈明远在许多诗篇里一如既往地讴歌科学精神的诗美，这种植根于当代先进科学而升华为诗歌语言的美感，乃是陈明远诗歌感人至深的特色之一。《瞳孔》发掘了大宇宙的"诗美"并达到了极致：以天体的运行和星球的演化来表现一种生死不渝的情爱，诗人运用独特的超现实艺术手法，突出地欣赏、惊叹、咏颂女友的晶蓝色瞳孔——

> 星空／浓缩在你的瞳孔里／／我的躯壳永远无法触及的／灿烂的天体／使夜梦孵化为／磷光闪烁的羽翼／湿润地／只环绕你，飞／舞，归于圆寂——／／美的世界，浓缩在／你的瞳孔里
>
> （《瞳孔》，1981—1982 年）

实际上，《瞳孔》深处还隐藏着一个潜意识中掩埋多年的秘密。如今，诗人自己揭开了她的面纱：诗人在创作《生命从今夜开始》的同一年，还写下了一首超现实的、内涵极深的长诗《夜曲·双星》，而这首情诗与《瞳孔》一样是诗人青壮年时代应一位俄罗斯女友的要求而写的。这在当代诗群里确属凤毛麟角，跟"世纪末"诗人们对于科学文明的诅咒、敌视与无知、误解相反。在《夜曲·双星》中，陈明远一往情深地赞颂天文景象的诗美和人文精神的挚爱。……但当时正处于"中苏大论辩"的极其

反常形势下,铁的现实很难允许这样的姻缘实现,由此酝酿并无可回避地发生了这一场悱恻哀伤的悲剧。不幸的是,之后不久俄罗斯女友因车祸去世了。长诗《夜曲·双星》以银河含有的双星现象——"永恒的相互追寻",作为"未完成的交响曲"的尾声——永无结束的结束。

1998—2011年印行了《陈明远十四行诗选》,共收录200首。王力教授认为,陈明远的诗"继承、发扬了闻一多、冯至、卞之琳的传统",这很有见地。

十四行诗最早产生于意大利民间,13世纪被文人采用,16世纪渗透到欧洲各国,后又深入到北美洲、南美洲。20世纪初,这种诗体在亚洲的中国大地上扎根、开花。闻一多、冯至、卞之琳所创作的"汉语十四行诗"的诞生,标志着十四行诗已成为世界性的诗歌体裁。

1930年代中期,著名诗人艾青也写过十四行诗《监房的夜》。这首十四行诗是诗人在监禁中写的,使读者们禁不住联想起戴望舒的《狱中题壁》。"文革"后,"归来"的艾青发表了他著名的十四行诗《虎斑贝》。在改革开放初期,艾青以火山爆发般的激情进入诗歌创作的第二个高峰,《虎斑贝》即为代表作之一。诗人个人曲折的经历中凝聚的体验,使诗歌蕴含了历史感;诗人以敏锐的洞察力和感受力对人生进行了深刻思考,赋予了诗歌哲理意味;在审美视角上,诗人采用丰富的象征意象,描画出了鲜明深远的历史境界。

迄今,仍然有许多现代西方诗人在写十四行诗,著名的有聂鲁达《百首爱情十四行诗》、米斯特拉尔《死的十四行诗》,两位诗人都曾荣获"诺贝尔文学奖"。

十四行诗是一种有严格格律规范的诗体,它的行数、段式、韵式和节奏处理都有明确的规定。为了适应不同民族语言的特点,十四行诗出现了大同小异的不同形式。

陈明远对欧美十四行诗进行了比较、研究、探索,然后根据现代汉语的特点,创造了他的十四行诗：在段式结构上遵守"起、承、转、合"的内在规律，但在掌握这个规律时又灵活多变地加以运用。这些形成了陈明远十四行诗的特点。

陈明远摆脱了语言散文化的弊端，又使格律成为天籁般自然的律动。他的词语所包蕴的意群和音群相互对称又相互参差，上下均齐或先后错落，似从古典律诗的相对律和相连律中蜕化而出。他的分行简洁、明快，句法跳跃、跌宕，凝含而又舒徐，使十四行小框框成为宇宙和心灵"纵横捭阖"的天地。总之，他的十四行诗洗练、警策、含蓄、精美，令人读来荡气回肠。

下面列举陈明远的一些早年作品——

有多少钢琴，藏在／密林交响的峰峦？／石板的黑白键铺开／谁在指挥万手联弹？／杜鹃怀抱着春末感伤／鸟语花香，辉耀山涧，／绿荫笼罩的湖边交响／百灵、黄鹂合奏丝弦；／但我俩的花萼依然／在清冷的梦中酣睡——／孕育着羞怯的甜美，／带着未成熟的寒颤／

静候一声轻雷……

(《仙乐》,1959年初稿)

这是诗人在大学一年级时携同学、好友春游杭州西湖、灵岩山写的十四行诗,形神并至,赞美大自然的交响曲,也蕴含初恋的情谊。湖、山如在梦中酣睡,"孕育着羞怯的甜美,带着未成熟的寒颤,静候一声轻雷……",有机地组合了琴、黑白键盘、登山石板、杜鹃花、杜鹃鸟、九溪十八涧、幻梦、湖、山等由近至远的层层意象,交互辉映,描写出春末待放花苞的清灵境界。在抒发初恋的纯真烂漫时,诗人较多地运用了"新浪漫主义"的艺术手法;在挖掘深层的无意识下的爱的宝藏时,他又较多地运用了象征主义和超现实的艺术手法。

眼神,遥相吸引/交感着同一韵律/晕眩,飞速旋转/在涡流中心相遇/悬空,一对圆轮/围绕无形的轴线/流连忘返,波纹/只牵挂这一丝心愿——/一旦热浪掀开/我俩能不能化为／同一朵彩云飞去？／一旦寒潮袭来／我俩能不能化为／同一片雪花凝聚？

(《两滴泪珠》，1960年)

这是春月微雨的清明时节，一对初恋的情人心心相印，相看泪眼的痴情誓言：愿化"同一片彩云、同一片雪花"上天入地，穿越古今中外不离不弃，携手合一。正如宗白华在《无价的爱·序》中所言："久已向往的纯洁的情泉，健全的、真挚的、超物质的爱。特别从明远的人格的成长，看到了这种'爱力'的优美与高尚。唯有心地纯真的青年，才写得出感人至深的情诗。"岂不料，在这些绮丽生动的诗行下面，还隐藏着极深沉的哀艳凄绝的故事。

在你面前静坐，回到／月下恬然相对的时候／桂花树影，暗香含笑／伸过纤指，传送温柔／在你身边，靠住长凳／沾露的花蕊滴落清凉／波光飞逝，却好像不动／湖面沉思围起黑框／在你明眸里凝望，直到／不知岁月多么悠长／直到又感受你的心跳／震起我胸中深埋的创伤／直到眼波交流的热潮／汇聚，凝成一座雕像

(《悼亡灵·肖像》，1968年)

时值"文革"初期，又当秋月映湖，陈明远从家信获悉他的初恋女友不幸去世的噩耗，久久面对女友照片写下了悼亡诗："在你明眸里凝望，直到／不知岁月多么悠长／直到又感受你的心跳／震起我胸中深埋的创伤／直到眼波交流的热潮／汇聚，凝成一座雕像。"

难怪，宗白华在1982年春为陈明远爱情诗集《无价的爱》的序中写道："期待他以卓越的诗才完成他的历史使命：歌咏人生、歌咏青春、歌咏不朽的爱情。明远的这部爱情诗集，自有一股震撼人心的魅力，使我再次读罢也忍不住老泪纵横、掩卷长叹，竟不能再写下去。"

陈明远还有一首题名《维纳斯》的极其优美的十四行诗：

你触犯天条，赤裸／充满诱惑的肉身／东方的异端裁判所／对你宣判火刑／喷火兽的利爪／撕扯你拖地的浴裙／喧嚣的烟雾，抹杀不了／永恒微笑的坚贞／雪白的肌肤熏为灰末／拨开血光显露真形／美啊！不朽的诗作——／收敛翅膀的飞蛾／闪亮一双瞳仁／死死地钻进我心窝

此诗写于"文革"初期，抄件有多种文本，广为流传。诗中的每一个画面都有时代的印记，每一个意象都是历史的折射。诗人以维纳斯代替缪斯，而这里的缪斯又是东方布鲁诺的化身。最后一节写美神的眼珠火化为飞蛾钻进诗人的心灵，这惊心动魄的一幕正是诗人与诗歌永恒的结合、诗心与诗美永恒的结合的象征！写的是罗马神话中的美神（也是爱神），实际是诗人的自我写照。从这首诗里，

读者们可以穿越古今中外，上穷碧落下黄泉，看到了不似波德莱尔胜似波德莱尔的凄烈之美！

我不想用浪漫主义、现实主义或者象征主义、超现实主义等名词来框住陈明远，我只能说，这首诗正好体现了陈明远特有的诗歌风格，或者说明了陈明远特有的诗歌美学。

作于1973年的《古墓》，表面上看来说的是考古发掘过程，描写新疆古墓千年美女还魂的独白，实际上是由两首十四行诗（类似宋词的上下两阕）组成的，两首都以"别来碰我"开头，暗示一种凛然不可侵犯的尊严——

别来碰我，知音的人／羽化的灵凤／早就游离琴身／只剩这蜕壳凝重／严守石棺，依然肃立／铅白的虎，铁青的龙／二十五弦残迹／再也无法拨动／合上睫毛，屏住呼吸／冥想为你伴奏／让霓裳飘然高举／不眠之夜，无言地／抹去窗棂的寒露，等候／彩云从荒坟下升起诗人借新疆古墓千年女尸还魂的幻象、梦境，道出了民间陷于沉重压抑之中，渴求"彩云从荒坟下升起"的迫切心情。实际上，"古墓千年女尸"哪里可能还魂呢！这是采用超现实的艺术手法，表达老百姓期待恢复安定、重建家园的美好愿望。

再看一首流传颇广的《书签·追忆》：

厚重书叶中的这片花瓣／深藏暗香，蕴含体温／是谁的手在哪一个春天摘取芳馨，折叠浪纹／光阴飞逝，烂漫未曾褪去／嘴角尚存欢笑的因缘／脑海又凭何涌起／秋波眼底，冬夜炉边／是生日的贺仪／惜别的赠品／朝霞前立下的誓／黄昏后供奉的心／或许悬念一声／叹息，遗留的回音？

（2004年改多年前旧作）

这首十四行诗比较通俗易懂，列举春夏秋冬、晨光夕照、花香鸟语等意象，内容贴近日常生活、亲友关系，又吸取了传统诗词的对仗手法，其境界适合青年人聚会时吟咏,所以频繁在海内外朗读、传阅、传诵,深受读者欢迎。

再看十四行诗《〈白痴〉·〈茶花女〉观感》:

其一　东方 идиот 的中西乌鸦嘴

娜丝塔霞·费里波弗娜／方块字可否译为:塔尖的彩霞?／投胎于东方巴黎的银幕／脖颈镶嵌着珠宝十字架／抑或东方圣彼得堡的卡拉 OK 网吧／遍踏红地毯,开襟凸显繁华／令土豪惊艳、群星瞩目:／"好一对横跨欧亚的茉莉奇葩!"／恍若双胞胎,变幻红白的玛格丽塔／两公爵同样行善包养义女交际花／行板如歌,金丝笼包装着孔雀／假面翩翩起舞,秋波掩瑕／谁的"美"真能拯救这世界／就凭你俩的卖笑生涯?

其二　假如

假如丽质有缘识天骄／笼中鹦鹉,也学梦

呓自由／假如几只丑小鸭化天鹅／引无数癞蛤蟆，争抢天鹅肉／假如拍卖灰姑娘，如何标身价／天帝谪帝子下凡，貌似女奴枯瘦／金圆、卢布，伪钞成捆炉火烧／明妃、绿珠，结局都是骷髅／假如原罪原无罪，夏娃本非戏子／红莲生自淤泥，植根长成白藕／假如处女圣母也能宽恕我／童心被污染，吐出寒鸦诅咒／假如噩梦喜梦全归一场空／梦里蛇精纠缠，是留还是溜？

（2000年）

陈明远从青少年时代以来就多次阅读《白痴》和《茶花女》的小说、剧本，并鉴赏其影片与歌剧。对比后，他越来越发觉：它俩活像孪生姊妹。从中译本到俄、英原文，青年时的他就能背诵其中许多对白，且体味它俩的形象栩栩如生，甚至寤寐以求恍若亲入其境。每一个阶段，身心皆有所感悟，而这些感悟与时俱进，表现出很大差异，引发许多遐想，迄今仍然存有困惑、谜团待解，多年间如管窥万花筒般留下深切的刻痕、灵魂探险的踪影。

陈明远编入《劫后诗存》的近百首新体诗都写于"文革"时期。其中，诗集的核心部分以1976年清明节时天安门广场为背景，写出了在那牵系着亿万中国人民心灵的悼念和抗争活动中的诗人的心路历程。陈明远在诗中写道，他从牢狱中死亡的边缘里出来，"掀开坟窟，从逝川返回"，代表屈死的英灵凭吊战场；他"贴紧地面，倾听地层下的地火"，听到了"萌动十年后的吼声"，预示着一个新时期的来临；他终于看到"千万双手臂的海浪冲来，把那巨大的污点埋葬"，他站在"这新诗复活的地方，挺起胸膛，昂首歌唱"。一个迎接胜利的斗士的形象，矗立在读者的面前。

1976年1月，还戴着"反革命分子"帽子的陈明远冲破阻力参加了群众向周总理告别的仪式。在这一年4月的清明节，陈明远创作的组诗《广场上的诗》在现场群众中广为传抄、传诵。对这段历史的沉痛记忆，在这部组诗中化成了一幅幅惊魂动魄的图景，构成了心灵的潜流和洪波、意绪的憧憬。诗人的不屈性格，渗透在这部组诗的字里行间：

> 残缺的雕像／看护流亡者的病床／烧焦的石碑／守卫先驱者的灵堂／千万颗奔星环绕我／听这最后的呼声回荡／——从荒凉的坟墓里／复活过来吧／我的诗行！
>
> （《广场上的诗》，1976年）

这是1976年"四五运动"期间在天安门广场上反复朗诵过的诗歌，后来广为传抄并且作为历史文物由中国历史博物馆收藏。陈明远冒着死亡的威胁，以必死的决心，"前脚跨出大门，后脚就不打算再跨进大门"。

在1976年天安门"四五运动"中创作的这一组新诗，宣告了新诗如火中凤凰一样再生，被誉为"中国新诗复活宣言"。陈明远1976年春广为传诵的组诗《广场上的诗》包括《春夜》《广场上的诗》《纪念碑·华表》《无言歌》《花圈之海》，等等。

我认为,"四五运动"中陈明远创作组诗《广场上的诗》的历史意义应在中国新诗史上占有重要地位——当时,艾青为这组新诗题词"从炼狱之火中复活",明确点明了"复活"的历史价值;宗白华认为陈明远作为争自由的前驱再现了闻一多的斗士精神;冰心也非常感动地称赞"陈明远不愧是当代闻一多,'前脚跨出大门,后脚就不打算再跨进大门'。他的诗歌有闻一多的风格!";牛汉也多次称赞陈明远的这组新诗。这些都是珍贵的历史资料。

此外,我特别赞赏他的那首题作《盔甲》的新诗。在这首诗的开头,诗人说:"画家请我卸下盔甲,他要赞美我的伤疤。"那位画家不赞成"用盔甲掩盖伤疤",认为"世上最令人陶醉的,就是那种残缺之美",而"你的伤疤是响当当的勋章",它们"应该在博物馆高高悬挂"。画家要求诗人让他把"伤疤"画在画布上,成为"史诗的插画"加以展览。但是,诗人"微笑的嘴角作出回答":

>请你摸一摸这全身盔甲,／他们就是我的伤疤!

这最后两行画龙点睛,巧妙而又犀利地运用"盔甲"这个双关的比喻,把诗人在"文革"中反抗迫害、保卫正义的斗争精神生动地表现出来了。

青少年时期的陈明远同时采取了新诗自由体和新诗格律体的两种形式,并逐渐倾向超现实的艺术手法。例如,1950年在《上海文学》发表的《清早》,1957年发表的《轻帆》,1962年发表的《醒悟》,1965年发表的《祈求》,1973—1974年作的《银河系,我的大脑》和《生死线上夜读》(作者阅读原文和参与翻译诺贝尔奖获得者温伯格《引力论和宇宙论》的感悟,当时未能发表),1976年发表的《时光》《琥珀》,1979年发表的《何时》,1985年发表的《看不见的脚》,1988年发表的《致铜像》,1990年发表的《扭曲》,1992年发表的《名片十四行》《拍卖古董见闻》,1995年发表的《横贯远洋》

《脑海不是空壳》，1997年发表的《后现代的生态平衡》《祝愿》《后患预警》，1999年发表的《我爱梦中的北京》，等等。从诗人这整整半个世纪的记录中，足可以看出历史的轨迹。

进入21世纪以后，诗人陈明远又获得了新的突破，熟练地掌握了超现实的现代手法，以"超越现实""超越理智"的幻觉、梦境、白日梦等作为艺术创作的源泉之一，力求显示客观事实真相，揭开本来面目，但不同于欧美各式各样的"超现实主义"。陈明远致力于探索人类经验的先验层面，力求突破表面现象，尝试将现实观念与本能、潜意识与梦的经验相糅合，以展现一种超然的真实情景和境界。他独创的新颖奇特风格，充满了幻想色彩和异国情调。

如《海的女儿》就是一首有"新颖奇特风格，充满幻想色彩和异国情调"的独特诗篇，它融汇了北欧（丹麦）、东欧（波兰）、东南亚（泰国）和我国明代（东海龙王）有关"美人鱼—龙女"的传说记载。2017年5月，丹麦哥本哈根著名的小美人鱼像被淋上了红色油漆事件以后,陈明远创作了这首"横贯欧亚"的诗歌。诗中精炼地并举了丹麦哥本哈根海滩、泰国暹罗湾海滩、我国北戴河海滩的场景,多角度幻想出"美人鱼—龙女"的意象,以及龙女不能不皈依到诗人心头并借以得到庇护的美梦情景,联结了"祖传的魔法、白螺壳的魔法、金沙滩的魔法、蓬莱岛和好望角的魔法、太平洋和大西洋的魔法"的四海一家的美好境界。应该说,它展示了超现实的艺术构思。

超现实的现代手法,与弗洛伊德精神分析法有非常密切的联系。精神分析注重对梦境、幻想和幻觉的分析。心理学术语"潜意识",指的是人的不自觉的行为趋向,即心理上潜在的行为取向。第二次世界大战后,超现实手法在欧美风行一时。

陈明远于2000年创作的《阿姐鼓》灵活运用了超现实手法,描述了幻梦、幻想和幻觉,以"处女圣洁的鼓,喜马拉雅白骨的鼓,雅鲁藏布湍流的舞"形象地表达了西藏古老传统民俗的神秘性。读者们吟诵这首诗歌,可以体会到一种奇特的"潜意识"的感觉,即心理上潜在的恐惧和神秘的宗教感。

又如《绝密》《峰顶圆湖》以及2007年创作的《珠贝需要自己的壳》都有"超现实"的味道。超现实手法认为,在现实世界的表象之外,还有一个未知的"彼岸世界",即无意识或潜意识的世界,后一世界比前一世界更接近本来面目。诗人可以也能够听从潜意识的召唤,写梦境、幻觉、事物的巧合,提倡自动写作法,把梦幻和一刹那的潜意识记录下来,达到"纯精神的自动反应"。其作品追求神奇、独特的艺术效果,精益求精,充满了出人意料的形象比喻。

陈明远后期的作品,除延续着对"美"的创新和"善"的追寻之外,有了更多哲理思考和介入社会的自觉。例如,《珠贝需要自己的壳》就从一个独特的角度阐述了生命的奥义。诗人自述这是一首历时二十多年的作品,经过多次删改而成。全诗点出珠贝的诗意特征,以"心脏""头盖骨""珠胎"的植入带来了丰富的涵义——"不必藏经洞/不必黄金屋/也不必首饰盒/珠贝/只追求自己的壳"。

这就形象地阐明了自由、自立、自主思考的独立人格境界。

从陈明远的诗，我见到了他的为人。诗，本来就是诗人的人格体现。我见到了一位谈吐儒雅，具有学者风度和学者气质，然而内心坚强、锲而不舍地追求理想的现代中国诗人。我读陈明远的诗，能从那字里行间里感受到他的人格力量。

1998年1月初稿，
2017年10—11月初修订

【注】此文是诗人屠岸生前与我长谈的谈话整理稿，经他确认同意收录于本书中，并于2017年10月末交稿于语文出版社。2017年12月16日，屠岸因病去世，后此稿便先期刊载到《名作欣赏》2018年第3期中。（陈明远）

试论现代主义的意象与境界
（代后记）

对于现代主义（现代派）诗歌，我个人的认识有一个发展过程。1980年代，我曾不自觉地借鉴了现代派诗歌的手法，如强调自我观念；强调主观随意的自由联想；广泛运用象征、隐喻、通感、反讽的意象组合，追求"陌生化"等。到了1990年代，我就比较自觉地努力吸取现代派诗歌的精华，去除其糟粕。我觉得现代主义（现代派）思潮本身具有很复杂的背景，它起源于19世纪中叶法国的象征主义。所谓现代主义始终没有形成统一的流派，实质上乃为某种"大杂烩"。诸如超现实主义、达达主义、未来主义、形形色色五花八门的"先锋派"（"先锋"和"前卫"在英文中是同一个词"avant-garde"），甚至二次世界大战后1950年代在美国出现的"垮掉的一代"，他们无不自认为是现代主义诸流派之一。

1930年代以后，超现实主义和未来主义逐渐冷寂。1950年代以后，象征主义逐渐衰退。荒诞主义、"垮掉的一代"等鼎盛于1950年代下半期，后来就一蹶不振。

直到读了皮特·查尔斯的《现代主义》(Peter Childs: MODERNISM)，我才对现代主义形成了完整的概念。

一、现代主义侧重意象和意象群，忽视美学境界

现代主义（现代派）以及后现代主义诗歌艺术的主要缺陷是——侧重各类意象的叠加、复杂组合，而忽视、轻视了营造美学意义上的完整的"境界"。

我认为，现代派诗歌的主要手法可归纳如下：

（1）强调主观随意的自由联想。采用主观色彩极重的表现法，反对现实主义的客观描写。

（2）强调自我观念。广泛运用象征、隐喻、通感、反讽、跳跃性的意象组合，追求"陌生化"，以不同文体形式来暗示人的感觉、抽象和潜意识。

（3）表现人的全面异化，塑造全面异化的人物形象。现代派诗歌不注重塑造典型人物形象，而着重表现人的全面异化，表现人与社会、人与物质、人与自然、人与他人、人与自我的全面异化。

（4）追求新奇怪诞的表达方式，与传统决裂。意识流、荒诞、魔幻、超现实、神秘感，用感伤、孤寂、迷惘、纤弱、扭曲、变形甚至错乱的语句，表达颓废情绪。

现代派或现代主义是西方在19世纪末兴起直到20世纪中期的各种文艺流派和思潮的总称。它们的共同点是具有"前卫"特色，并与传统文艺分道扬镳。两次世界大战，人类历史上出现了空前的大规模屠杀，西方的"自由、博爱"人道理想惨遭战争蹂躏；"工业化"以后，西方文明陷入深刻的危机，现代主义就在这样的历史背景下诞生并发展了。此后，未见有什么广泛影响社会、流行深远的杰作。

二、意象和意象群的现代概念来自意象派

20世纪初期,欧美诗坛曾短暂出现过一个流派——意象派。它起过一定的历史作用,然而意象派片面的只重意象,忽略了广泛的社会意义,所以不可能产生重要的作品。余光中评论说:"意象派诸人的作品往往沦于为意象而意象,只能一新视觉,不能诉诸性灵。"郑敏认为:"意象派的理论,如果过于狭窄的加以理解,就可能束缚诗人的创造,使他只能写些虽然精美但单调贫乏的诗,尤其因为限制发议论而使得诗缺乏丰富的社会内容。"意象派没有盛行多久,就被抛弃了。

一首诗里,意象和意象群在整个境界中扮演重要的角色,然而意象本身还不能等同于境界。意象只是诗歌的肢体,境界才是诗歌的生命和灵魂。

三、境界的美学定义

境界,是东方美学的一个重要概念,在我国2000多年诗歌传统里具有极其重要的地位。它指艺

术中能够感受并表达的情景、氛围。"境界"是美的综合体，引申到某些场合也指艺术体验和修养。"境界"的本意来自佛经用语 vishaya（梵文），英文可翻译为 landscape。

王国维《人间词话》云："词以境界为最上。有境界，则自成高格，自有名句。"所谓"境界"，实在乃是专以感觉经验之特性为主的，也就是以"感受与表达"为制约的。外在世界未经过人们感受之功能而予以再现之前，以及内心世界未经过诗人表达而引起人们共鸣之前，都还不能称之为"境界"。（参见叶嘉莹《对〈人间词话〉中境界一辞之义界的探讨》）

四、境界与意象的关系

意象和意象群是组成境界的材料、构件。如果说一首诗的境界是一座建筑物，那么诗中的意象（主要意象以及意象群）就是构成这建筑物的砖石梁柱。单靠一个个意象本身罗列组合起来，如果没有章法结构的展开、情景的交融，如果没有内容和形式的交互作用与化合，一句话就是如果没有构筑境界，那就不可能形成诗歌的"完整美学形态"。诗的境界，是综合性的完整的美感。

艾青在《诗论》和《从"朦胧诗"谈起》中强调诗歌的"完整美学形态"：这就是怎样让诗歌充分地展开自己的思想，怎样营造"意义"的丰富性、可感性和艺术的确切性。"不要把诗写成不可解的谜语"，"不要使读者因你的表现的不充分与不明确而误解是艰深"，对"晦涩而不可理解"的质疑就是在这个前提下作出的。在新时期，谈到"晦涩而不可理解"的问题，艾青阐述说，应该"善于把有意识的变形与画不准轮廓区别开来"，画不准轮廓依然还是"美学形态"建设的不足。

艾青所说的"美学形态"，我的理解就是本文所要阐述的"境界"。

境界有什么含义？意象与境界的关系如何？

在一首诗中，仅仅把许多意象、辞藻堆砌在一起是不行的,必须通过有节奏的组织、融汇、化合、展现为一个完整的境界,让读者不仅能感受、能产生共鸣,而且在读者心目中也要经过"再创造",从而再现这首诗的境界。例如,北岛的新诗《生活·网》,只给出一个意象"网",根本没有构筑"境界",那就不可能形成一首完整的诗。

五、东方境界说与西方对应论

西方现代文学有一个理论基础——对应论,认为外界事物与人的内心世界能够互相感应、契合,诗人可以运用有声有色的物象(外在意象)来暗示内心的微妙世界。这种强调运用具有物质感的意象(包括诗歌的全部艺术手段,从比喻、象征、命意、节奏、色彩到结构等)通过暗示、烘托、对比、渲染和联想的方式来表现的方法,成为象征派诗歌以及整个现代派文学的基本方法。

现代派基本方法的一种体现,就是艾略特提出的"客观对应物"理论。他认为,表达主观情感的唯一的艺术方式，便是为这个情感寻找一个"客观对应物"（钱锺书译为"事物当对"，余光中译为"情物关系"）。换句话说，一组物象、一个情景、一连串事件被转变成了这个情感表达的公式，于是这些诉诸感官经验的外在事物一旦出现，那个内心情感便立刻被呼唤出来了。他反对古典浪漫主义滥用感情，不加克制的主观表现"直抒胸臆"。艾略特主张，只用客观的具体物象（意象）来表现主观的抽象的情绪。他所谓写诗，归结到寻找"客观对应物"，有点儿像藏着谜底来编谜语。

　　流沙河曾指出艾略特的这个理论有一个大漏洞。实际上，在某些境遇中，主观的情绪不全是抽象的。这种情绪在爆发之前，常常已具有意象，具有强烈的感发力，不需要再特意去寻找所谓"客观对应物"。这种情绪与意象不是"对应"的关系，而是"共生"的关系。在这种情况下，直抒感情不见得不佳。

　　"客观对应物"理论还有一个偏颇。艾略特只是片面强调以主观情绪去寻找客观物象，但在某些实际情况中却相反，恰恰是客观物象来触发主观情绪。中国诗人说诗,有两种不同的创作过程:一种是"因情生景"(主观情绪寻找客观对应物),另一种是"触景生情"(客观景物引起主观情绪)。二者都有道理,也都有实例可循。(参见流沙河《十二象》)

"对应论"和"客观对应物"理论几十年来影响很大,并传入中国。但是现代中国诗学采用"境界说",因为"境界说"不仅包含了"对应论"和"客观对应物"理论的精华部分,而且能填补后者的漏洞、纠正后者的偏颇。

六、境界说是情与景的契合

朱光潜说:"诗的境界是情与景的契合。"实质在于,"境界说"在情、景的契合过程中,也包含了吸取"客观对应物"理论的精华而去除其糟粕。

宇宙和人生中的一切景物常在变动发展之中,没有人人相同的情趣,也没有事事相同的景物。情景相生,所以诗的境界是创造出来的,生生不息的。

如果以为"景物"为天生固定的，对于人人都一样，这是常识的错误。景象是各人性格和情趣的返照，情趣不同则同一景物在各人心目中的返照的景象也各不相同。可以说，我们每个人所见到的景象都是他的主观作用于客观事物所创造的不同结果（这就是自然科学如物理学跟诗学、美学的观点本质不同之处），而诗人与常人的分别就在于此：对于同一个客观景物，在诗人心目中可以发现常人一般看不到的境界。

诗人写作的过程和读者欣赏诗的过程都有各自的创造作用。一个读者所读到的景象、所感受的情趣，跟作者原来所感受的更不能完全相同，更不可能跟别的读者的情况完全相同。每个人所能领略到的境界都是性格、情趣和体验的返照，而各人的性格、情趣、体验是彼此不同的，所以无论是欣赏自然景物或是读诗，各人在对象（客体）中取得多少，就看他在自我（主体）中能付出多少。

不但如此，对同一首诗在不同时间阅读所得的理解也不能完全相同。欣赏一首诗应该是对它的"再创造",每次"再创造"都要以当时当地的情趣和体验做基础。

诗与其他艺术都各有物质和精神的两个方面。物质的方面如印刷的诗集、配乐朗诵、录像画面等,形式不同。精神的方面就是情景契合的境界,时刻都在"创化"之中。创化永不会是简单重复,欣赏也不会是简单重复。真正的诗的境界是无限的,日日常新的。[①]

在朦胧诗刚刚浮出水面、各种争议不断时,源自"归来者"群体的前辈们的一些言论、隐忧、警戒虽并不一定完全正确,但是语重心长,对年轻一代诗人造成了显而易见的心理冲击。可叹的是,两代人之间的某些误会、分歧由此延伸、扭曲了。

目前,诗歌评论界许多人感到:艾青当年对于诗的"美学形态"的隐忧,已经演变成现状的某种

[①] 陈明远:《现代诗基本功》第4章《现代诗的境界》,济南.泰山文艺出版社,2011年版,第176—229页。

"危机"。①

"形态"是艾青对诗歌艺术的一种要求。在《诗论》中,它被诗人放在"美学"而不是"形式"一部分加以论述,与"形态"相关的是关于内涵、风格、思维,包括对于"晦涩而不可理解"问题的讨论。在其他部分,艾青也论述说,诗歌"不只是感觉的断片","不要满足于捕捉感觉","不要成了摄影师:诗人必须是一个能把对于外界的感受与自己的感情思想融合起来的艺术家"。"一首诗必须具有一种造型美。""一首诗是一个心灵的活的雕塑。""短诗就容易写吗?不,不能画好一张静物画的,就不能画好一张大壁画。""诗无论怎么短,即使只有一行,也必须具有完整的内容。""诗人应该有和镜子一样迅速而确定的感觉能力,而且更应该有如画家一样的渗合自己情感的构图。"造型、雕塑、构图,这些词语都一再提醒我们诗歌写作的"形态"意义。

---

① 李怡:《艾青的警戒与中国新诗的隐忧——重新审视艾青在"朦胧诗论争"中的姿态》,北京师范大学学报(社会科学版),2011年第3期。

现在，我们应该重温艾青对于诗的"美学形态"的隐忧。所谓"第三代"以后，中国式的"后现代"游戏以所谓"解构"为借口，消解了一切严肃的"建构"，包括诗歌"形态"的建构，甚至还包括诗歌本身。事实表明，艾青当年的隐忧已经演变成了现实的某种"危机"。

七、隐忧、危机和出路

资本主义社会"工业化"以后，西方文明陷入深刻的危机，现代主义就在这样的历史背景下诞生并发展了。至于远在东亚的中国，直到1920—1940年代才在西方现代派影响下开始萌发现代派诗歌，而且由于时空的局限性，只在某些大中城市得到哺育。

尽管朦胧诗人们当时的呼喊"代表着一代青年的追求、苦闷、彷徨和探索"是与时代合拍的，只不过是在诗的手法上有些新探索，吸收了人们感到陌生的意象、象征、暗示等方法，有时甚至是直接搬用西方现代派的表现技巧,而一时却引起了人们的轩然大波。现在,有人把朦胧诗划入传统诗之列,正是基于一部分朦胧诗所体现出来的社会意义和历史内容而言的。

1981年出版的诗选《白色花》,收入被称为"七月派"诗人的作品。同一年,《九叶集——四十年代九人诗选》也出版了。1980年代初,一些当时写朦胧诗的青年诗人拜访郑敏,当这批年轻人读到"九叶派"的诗歌时大吃一惊,说:"我们想做的事,四十年代的诗人已经做了。"普遍认为,1940年代"九叶派"和一部分"七月派"诗人,实际上已经跟欧美诗潮的现代主义接轨。

1984年以后,所谓"第三代(也称新诗潮)"却向朦胧诗正式挑战、造反,他们高喊"打倒北岛""PASS北岛舒婷"的口号,"反崇高、反英雄、反抒情、反传统",甚至于"反诗歌"。[①]

[①] 张清华:《朦胧诗·新诗潮》,《南方文坛》2010年总70期,第9—11页。

试论现代主义的意象与境界（代后记）

1986年10月，《深圳青年报》和《诗歌报》（安徽合肥）联合举办"中国诗坛1986现代诗群体大展"，通过报纸展示了朦胧诗后自称"诗派"的60余个群体的相关诗作。"大展"主持者对当时"民间"诗歌景观炒作如此的"广告"："要求公众和社会给以庄严认识的人，早已漫山遍野而起"，"1986——在这个被称为无法抗拒的年代，全国两千多家诗社和十倍百倍于此数字的自谓诗人，以成千上万的诗集、诗报、诗刊与传统实行断裂，将1980年代中期的新诗推向了弥漫的新空间，也将艺术探索与公众准则的反差推向了一个新的潮头"。如今，经历了三十年的曲折实践教训以后，应该认为他们是出于对美学常识的忽视甚至无知而误入歧途的。

1993年10月8日，旅居新西兰激流岛的顾城杀妻后引颈自尽。顾城之死更被看成是"一个时代的终结"，"他毁了一个童话，也标志了我们和1980年代的断裂，他让我们远离了青春的梦想"。1980年代中国内地的"朦胧热"，至此烟消云散。——舒婷改写散文；北岛出走国外，如今以写随笔为主；芒克改做画家；江河（不是后来的欧阳江河）封笔后，几乎默默无闻……那一度曾经热气腾腾的"朦胧诗时期"已经湮灭在新诗历史前行的车轮下，而那些仍坚守志业的诗人们依然奋然前行。

其实，现代诗歌爱好者们实在没有必要去重复外国1950年代就奄奄一息的所谓"先锋派""荒诞派"，而是要努力创造出中国当代特色的新诗格调，继承并发展三千年来的优良遗产，扬弃白话诗散文化、"分行即成现代诗"等不良风气。

现在，许多人呼吁"拯救诗歌"！我以为，新诗人的对策在于：

（1）要重新整理和不断发扬光大两千多年来的诗歌遗产，取其精华、去其糟粕。新体格律诗在句式、节奏、意象和境界构架等方面，都不同于古典的五七言律诗。例如，新体格律诗多用长短句和"三三二二"或"三二三二"句式，特别是元曲中的衬字句式，展示了变化多端的魅力，也表现出作者的创作成就。直到今天，戏曲、民歌里还大量使用衬字，足见衬字生命力之强。……新体格律诗突破了古典格律诗的辞藻和章法构架，使优秀的传统文化成为现代诗歌创作和研究的重要源泉。

（2）新诗人必须避免陷入狭隘的流派之争，切忌不顾一切"追新逐奇"而疏远了诗本身，切忌盲目追随西方奄奄一息的所谓"先锋派""荒诞派"的怪圈，从而真正回归真实的自我，以自己创造的新诗作品来表现对于新诗美的体现。

或许，写诗并不是那么难，更难的是努力做一辈子新诗人。

以上不过是我个人的"一家之言"，权当写出来供大家讨论。

陈明远

2017年8月31日于北京中关村